ROMEO Y JULIETA

Austral Singular

Biografía

William Shakespeare (Stratford-upon-Avon, Inglaterra, 1564-1616) fue un dramaturgo y poeta inglés, considerado uno de los más grandes escritores de todos los tiempos. Hijo de un comerciante de lanas, se casó muy joven con una mujer mayor que él, Anne Hathaway. Se trasladó a Londres, donde adquirió fama y popularidad en su trabajo; primero bajo la protección del conde de Southampton, y más adelante en la compañía de teatro de la que él mismo fue copropietario, Lord Chamberlain's Men, que más tarde se llamó King's Men, cuando Jacobo I la tomó bajo su mecenazgo. Su obra es un compendio de los sentimientos, el dolor y las ambiciones del alma humana, donde destaca la fantasía y el sentido poético de sus comedias, y el detalle realista y el tratamiento de los personajes en sus grandes tragedias. De entre sus títulos destacan *Hamlet*, *Romeo y Julieta*, *Otelo*, *El rey Lear*, *El sueño de una noche de verano*, *Antonio y Cleopatra*, *Julio César* y *La tempestad*. Su obra poética más conocida, *Sonetos*, está considerada una de las obras cumbre de la poesía universal. Shakespeare ocupa una posición única en la historia de la literatura por su extraordinario talento y por su originalidad, y sus obras siguen siendo leídas e interpretadas en todo el mundo.

WILLIAM SHAKESPEARE
ROMEO Y JULIETA

Traducción y edición

Ángel-Luis Pujante

ESPASA

Obra editada en colaboración con Editorial Planeta – España

William Shakespeare

© 1993, 2006, Ángel-Luis Pujante

© 2013, Espasa Libros S.L.U. – Barcelona, España

Derechos reservados

© 2017, Editorial Planeta Mexicana, S.A. de C.V.
Bajo el sello editorial AUSTRAL M.R.
Avenida Presidente Masarik núm. 111, Piso 2
Polanco V Sección, Miguel Hidalgo
C.P. 11560, Ciudad de México
www.planetadelibros.com.mx

Diseño de colección: Austral / Área Editorial Grupo Planeta
Ilustración de portada: Shutterstock

Primera edición impresa en España en Austral: 15 de febrero de 1993
Primera edición impresa en España en esta presentación en Austral: febrero de 2015
ISBN: 978-84-670-4365-5

Primera edición impresa en México en Austral: agosto de 2017
Décima primera reimpresión en México en Austral: marzo de 2023
ISBN: 978-607-07-4262-0

Impreso en los talleres de Impregráfica Digital, S.A. de C.V.
Av. Coyoacán 100-D, Valle Norte, Benito Juárez
Ciudad De Mexico, C.P. 03103
Impreso y hecho en México – *Printed and made in Mexico*

ÍNDICE

INTRODUCCIÓN

I

Bellini, Berlioz, Gounod, Chaikovski, Prokofiev, Opie y Delacroix son sólo algunos de los muchos músicos y pintores que se han inspirado en ROMEO Y JULIETA. Transformada en *West Side Story,* adaptada en la película de Zefirelli, la tragedia de Shakespeare sigue conservando su popularidad después de cuatro siglos. De ahí que disponerse a leerla por primera vez sea llevar a la lectura algunas nociones previas: tragedia lírica, drama de amor romántico, tragedia de amor por excelencia, etc. El prólogo al primer acto no desmiente estas ideas, pero el comienzo de la primera escena no es lo que espera el lector: la chocarrería de los dos criados expresa un concepto del amor puramente carnal y machista. Más tarde, personajes como el ama o Mercucio se encargarán de oponerse a cualquier impulso poético o romántico.

Tal vez Shakespeare se propusiera defraudar las expectativas de su público: aunque menos que hoy en día, la historia de Romeo y Julieta ya era conocida en varias versiones antes que él naciera. Arthur Brooke, autor de una de ellas y fuente directa de Shakespeare, aseguraba haber visto recientemente el mismo argumento en el teatro. Pues bien, en Shakespeare el lirismo que envuelve la relación amorosa de los protagonistas forma parte de un conjunto en el que domina un concepto del amor bastante más cínico o más práctico. A su vez, es esta presencia antirromántica lo que nos va poniendo del lado de la joven pareja, que, al parecer, es lo que Shakespeare pretendía.

La extraordinaria fama de ROMEO Y JULIETA no le ha impedido ser poco apreciada por cierta crítica, para la cual la singularidad de la obra se ve eclipsada por la «grandeza» de tragedias como *Hamlet, Otelo, Macbeth* o *El rey Lear*. En cierto modo, *Antonio y Cleopatra* ha venido corriendo la misma suerte, aunque suele salir mejor librada: al ser una de las dos últimas tragedias de Shakespeare, puede explicarse como tragedia experimental de plenitud. En cambio, ROMEO Y JULIETA, que es una de sus dos primeras, puede despacharse como tragedia experimental de juventud, es decir, imperfecta o inmadura.

Sin embargo, si es experimental, no lo es por ser defectuosa o indefinida. El argumento queda claramente esbozado en el prólogo, y la acción, que se desarrolla en sólo unos días, está perfectamente estructurada: la riña callejera del principio, la muerte de Mercucio y Tebaldo a la mitad y la de Romeo y Julieta al final son los hitos de un proceso que lleva del odio a la reconciliación, en el que lo público y lo privado se enlazan e influyen mutuamente. Además, hay en la obra una abundancia de contrastes dramáticos servida por una rica verbalización en la que el verso coexiste con la prosa, el verso suelto con el rimado, el juego de palabras con la expresión directa, lo culto con lo coloquial y lo lírico con lo dramático. ROMEO Y JULIETA no es una pieza sencilla, ni tampoco la obra de un primerizo o un aficionado. De hecho, es fácil que en los años en que apareció fuese «la tragedia más brillante que se hubiera escrito desde el antiguo teatro griego de Esquilo, Sófocles y Eurípides» (Watts) [1].

II

La historia de Romeo y Julieta se ha contado de diversas maneras y siempre parece haber sido atrayente, acaso porque pertenece a la memoria colectiva y trasciende las distintas versiones de que ha sido objeto. Comoquiera que sea, la trágica

---

[1] Para esta y otras referencias, véase la Bibliografía selecta, págs. 27-29.

leyenda tiene antecedentes en la mitología griega (Hero y Leandro, Píramo y Tisbe) y en algunas leyendas medievales, aunque es en *Las efesíacas* de Jenofonte de Éfeso (siglo II) donde se aprecia un esquema argumental que podría haber dado origen a la historia de los amantes de Verona. En esta novela griega, Habrócomes y Antia se enamoran, se casan y se ven separados. La joven es rescatada por otro hombre que pretende casarse con ella, por lo que, para librarse, toma un narcótico que la hará parecer muerta. Tras ser enterrada, despierta y logra volver a unirse con su esposo.

El final feliz desaparece en la historia de Mariotto y Gianozza de Siena, narrada por Masuccio en sus *Cinquante Novelle* (1476). En ella los jóvenes amantes son casados en secreto por un fraile. Poco después, Mariotto mata a un hombre en una pelea y es desterrado. Por otro lado, el padre de Gianozza quiere casarla con otro, lo que la lleva a tomar una pócima preparada por el fraile y a enviarle un mensaje a su marido contándole su plan. Tras ser dada por muerta, entierran a Gianozza. Desenterrada por el fraile, se dirige al encuentro de su esposo. Pero el mensaje no ha llegado a su destino. Mariotto, habiendo oído que su esposa ha muerto, regresa a Siena, pero, cuando se dispone a abrir su tumba, es detenido y más tarde ejecutado.

El *Giulietta e Romeo* de Luigi da Porto, escrito en 1524, introduce notables innovaciones. Por lo pronto, atribuye al relato una base histórica, ya que traslada la acción de Siena a la Verona de comienzos del siglo XIV, en la época de Bartolommeo della Scala, e inserta la relación de los jóvenes amantes, llamados ahora Romeo y Julieta, en el marco de la supuesta hostilidad entre sus familias, los Montecchi y los Cappelletti. El autor toma estos nombres de un verso de la *Divina Comedia* («Vieni a veder Montecchi e Cappelletti», *Purgatorio,* vi) que alude a dos familias del siglo XIII residentes en Verona y Cremona, respectivamente, pero, al verlas citadas juntas, Da Porto las convierte en rivales de la misma ciudad. En suma, Romeo y Julieta no fueron personajes históricos, las dos familias a las que se los adscribe no arrastraban ninguna enemistad heredada, y sólo los Montecchi vivían en Verona.

En la versión de Da Porto aparecen Mercuccio Guercio y el Conde de Lodrone (Mercucio y el Conde Paris en Shakespeare, respectivamente), el fraile se llama Lorenzo y Romeo huye a Mantua tras matar a Thebaldo Cappelletti. A grandes rasgos, el resto de la acción es lo que después se leerá en Shakespeare, incluyendo la novedad de que, tras la muerte de los jóvenes, las familias rivales se reconcilian.

A la versión de Da Porto sigue el relato *Romeo e Giulietta* (1554) de Matteo Bandello, publicado en traducción francesa de Pierre Boaistuau en 1559, la cual será traducida al inglés por William Painter en su «Rhomeo and Julietta», incluido en su *Palace of Pleasure* (1567). Además de la dramatización de Shakespeare, la historia de Romeo y Julieta es llevada al teatro en aquellos años por Luigi Groto en su *Adriana,* y por Lope de Vega en su *Castelvines y Monteses* (donde los amantes se llaman Roselo y Julia).

La fuente más directa de Shakespeare es *The Tragicall Historye of Romeus and Juliet* (1562), un largo poema narrativo de Arthur Brooke, quien se basaba en la traducción de Boaistuau y atribuía la primera redacción de la historia al italiano Bandello. En su relato en verso, Brooke añade algunos detalles inéditos que pasarán a la tragedia de Shakespeare: la conversación del ama con Romeo después de conocerse los jóvenes, la comunicación a Julieta de los preparativos para la boda secreta, el tenso diálogo entre el fraile y Romeo tras la muerte de Tebaldo, la tristeza de Romeo en su destierro y el consejo del ama a Julieta de que se case con Paris. Con todo, la narración de Brooke está escrita en un estilo pseudosolemne y resulta insulsa y pesada. Unos treinta años después, Shakespeare compuso su ROMEO Y JULIETA siguiendo de cerca a Brooke, aunque sin atender a la introducción de su relato, en la que se censura la lujuria e indecencia que suele acompañar a este tipo de amores juveniles: sin duda, Shakespeare pudo comprobar que Brooke no cumplía la intención moralizante anunciada en su prefacio.

Al convertir la narración de Brooke en obra teatral, Shakespeare comprime en cuatro días con sus noches una acción de por lo menos nueve meses. Esta compresión no la habría efectuado sólo por necesidad del género, sino que parece haberla buscado deliberadamente con el fin de destacar la impetuosidad de la acción y lograr un efecto más dramático. Sin embargo, la rapidez de los acontecimientos no le impide al autor establecer una serie de contrastes que afectan no sólo al lenguaje, sino a la acción misma y a los personajes. Por lo pronto, en Shakespeare la relación entre lo público y lo privado es mucho más estrecha y evidente que en Brooke: la obra empieza mostrando la enemistad entre las dos familias, que se extiende a sus respectivos criados, y que volverá a aparecer hacia la mitad, tras la muerte de Mercucio y Tebaldo, y al final, en que la muerte de Romeo y Julieta fuerza la reconciliación. Shakespeare trae al comienzo no sólo la hostilidad familiar, sino también a personajes como Tebaldo o Paris, que, cada uno a su modo, serán rivales de Romeo.

En comparación con Brooke, el ROMEO Y JULIETA de Shakespeare se enriquece con la presencia de personajes secundarios que acentúan el ambiente realista y marcan contrastes sociales. Pero la mayor diferencia en este tipo de personajes se observa en Mercucio o el ama. El primero, que aparece muy brevemente en Brooke, cobra gran importancia en Shakespeare. En tanto que enemigo, se opone a Tebaldo, pero también a Romeo, aun siendo su amigo: Mercucio es el cínico castigador, mientras que Romeo (el primer Romeo) es el idólatra amoroso. Este contraste es dramáticamente útil porque permite mostrar que ninguna de las dos actitudes representa el amor verdadero.

El ama, en cambio, ya presenta en Brooke unos rasgos bien definidos. Parlanchina, astuta y vulgar, Shakespeare la desarrolla, haciendo de ella un personaje inicialmente simpático, pero después abiertamente cínico. Al acabar oponiéndola a Julieta, Shakespeare consigue poner al lector o espectador del lado de la protagonista.

En tanto que ferviente enamorado de la bella e ingrata Rosalina, Romeo desempeña el papel del amante convencional de los sonetos isabelinos, pero, por lo demás, demuestra más carácter y energía que en Brooke. Julieta es más joven en Shakespeare (trece años, frente a los dieciséis de la Julieta de Brooke). Este cambio puede interpretarse en el sentido de que Julieta es demasiado joven para su nueva experiencia. En cualquier caso, su juventud la hace a la vez más intensa y vulnerable, y permite acentuar la rápida maduración a que la llevan los acontecimientos. Por lo demás, Shakespeare imbuye a la historia de una pasión inédita hasta entonces: ROMEO Y JULIETA inicia el ciclo shakespeariano del amor contrariado por circunstancias adversas de orden familiar, social o nacional, que seguirá en *Troilo y Crésida* y en *Otelo* y culminará en *Antonio y Cleopatra;* un ciclo en que el amor aparece como un nuevo sentimiento que transforma a quien lo vive hasta el extremo de exigir su propia vida.

III

Uno de los rasgos más sobresalientes de ROMEO Y JULIETA es su exuberancia lingüística. Shakespeare fue propenso a ella casi siempre, y su contemporáneo Ben Jonson decía que a veces había que pararle. Sin embargo, en sus obras de madurez, por ejemplo, en *El rey Lear,* los recursos verbales de Shakespeare cumplen una función más dramática que ornamental, y, aunque estén presentes, suelen ser menos ostensibles que en sus primeras obras. En ROMEO Y JULIETA hay una mayor adecuación entre lenguaje y acción, entre lengua y personaje que hasta entonces en Shakespeare, pero también una generosa exhibición de su fuerza poética y retórica[2].

La obra empieza con un soneto, y es también en un soneto, seguido de un cuarteto, como se hablan por primera vez Romeo y Julieta (en I.v). Después, el prólogo que precede al segundo acto es otro soneto. Al comienzo de III.ii, Julieta pronuncia su personal epitalamio (canto de boda) y, tras la consumación del matrimonio, los jóvenes esposos entonan en III.v su propia alborada (canción de amanecer) sobre la alondra y el ruiseñor, que a su vez es un debate poético. Y en la última escena Paris cubre de flores la tumba de Julieta recitando una sextina. Además, ROMEO Y JULIETA es una de las obras de Shakespeare con más rimas: hay toda una escena rimada (la II.ii) y en el texto vamos encontrando numerosos pareados, sobre todo en los tres primeros actos.

Más allá del lirismo y de las rimas, ROMEO Y JULIETA es una composición retórica sumamente estilizada y riquísima en

---

[2] Me refiero, claro está, al original. Sobre la traducción, véase Nota preliminar, págs. 31-33.

figuras de diversa índole. Molly Mahood ha examinado los juegos de palabras (más de ciento cincuenta casos) y Robert Evans ha dedicado todo un libro a los recursos retóricos de la obra, de los que destaca el oxímoron (alianza de contrarios) como clave retórica y estructural: «odio amoroso», «fuego glacial», «hermoso tirano», «angélico demonio», etc. Sin embargo, la profusión poética y retórica de ROMEO Y JULIETA no se agota en sí misma, sino que se proyecta en la acción y en los personajes, de tal modo que la variedad de estilos se traduce en una gran diversidad de ambientes y estados de ánimo.

El comienzo de la obra puede ser un buen ejemplo de los contrastes dramáticos logrados. Al verso del soneto inicial le sigue la prosa vulgar y chocarrera de los criados. Con la entrada de Benvolio y de Tebaldo se pasa al verso suelto, parte del cual es rimado (en el diálogo entre ambos y después en el pareado entre Montesco y su esposa). A continuación escuchamos el tono grave y oficial de la alocución del Príncipe, en verso suelto no rimado. Acabada la pelea y dispersados los ciudadanos, el diálogo que sigue entre Benvolio y el matrimonio Montesco continúa el verso suelto con alguna rima, pero, sobre todo, introduce un cambio de tono: el lenguaje es ahora más personal, más íntimo. A su vez, tras la entrada de Romeo y la salida de sus padres, el diálogo entre Benvolio y el joven protagonista no deja de ser personal e íntimo, pero se hace más estilizado: vuelven las rimas y abundan las figura retóricas. En la tercera escena el tono sumamente coloquial del ama ofrece un nuevo contraste, y la escena siguiente permite el despliegue de nuevas rimas, nuevos juegos de palabras entre Romeo y Mercucio y, sobre todo, el lucimiento verbal de este en su fantasía de la reina Mab. Y así podríamos seguir hasta el tercer acto, en que, como comentaré más adelante, el revés de fortuna afecta al lenguaje de la obra.

IV

La acción transcurre a mediados de julio, desde las primeras horas de un domingo hasta las primeras de un jueves. La precipitación de los acontecimientos permite un dramatismo que no era posible alcanzar en las anteriores versiones narrativas. Siguiendo el cuadro de Blakemore Evans, el desarrollo temporal en relación a los actos y escenas sería como sigue:

Domingo:	I.i-II.i	(desde poco antes de las nueve hasta casi el amanecer del lunes)
Lunes:	II.ii-III.iv	(desde el amanecer hasta la noche)
Martes:	III.v-IV.iii	(desde el amanecer hasta la noche)
Miércoles:	IV.iv-V.ii	(desde la madrugada hasta últimas horas de la noche)
Jueves:	V.iii	(desde últimas horas de la noche del miércoles hasta primeras horas del jueves).

Sin embargo, observa Evans que Shakespeare se equivoca en el cómputo, ya que, según Fray Lorenzo, el efecto de la poción que toma Julieta dura cuarenta y dos horas: como la toma en la mañana del miércoles antes de las tres y despierta el jueves poco antes del amanecer, la verdadera duración acaba siendo de unas veintisiete horas. Por el contrario, si Shakespeare hubiera previsto que la acción habría de concluir en la mañana del viernes, habrían sido más de cuarenta y dos.

Sin embargo, el concepto de «duración» debiera aplicarse más bien a la segunda mitad de la obra que a la primera. Es cierto que ROMEO Y JULIETA abunda en indicaciones temporales, pero en la primera parte prevalece más la sensación de apresuramiento que la impresión del transcurso del tiempo: es la muerte de Mercucio lo que nos sacude, lo que rompe la ilusión de que estamos asistiendo a una comedia y no a una tragedia.

En efecto, no es casualidad que las rimas y los juegos de palabras, tan visibles en la primera mitad, disminuyan tanto en la segunda, como tampoco el que tras la muerte de Mercucio, el otro gran personaje cómico que es el ama quede tan reducido y acabe desapareciendo. Pese a la pelea del principio, pese a la actitud de Tebaldo, Shakespeare logra destacar en la primera parte aquellos aspectos característicos de la comedia que dan una imagen positiva de la vida: la fuerte presencia de los jóvenes, su afán de diversión, el trajín de la fiesta de los Capuletos, la comunicación y la compañía, el amor (que lleva al matrimonio y crea nueva vida), etc. Y, sin embargo, en medio de tanta animación, Shakespeare no deja de insertar algún pasaje o alguna escena atemporal, como el primer encuentro entre Romeo y Julieta (en I.v) o la célebre escena del balcón de Julieta (II.i). El efecto estático de ambos es evidente, sobre todo en la escena del balcón, en la que no parece que exista el tiempo: los amantes, aislados en su *locus amoenus,* se resisten a despedirse.

Por el contrario, es tras la muerte de Mercucio y de Tebaldo cuando parece haber mayor conciencia del paso del tiempo. El destierro de Romeo llena a Julieta de impaciencia por reunirse con él cuanto antes («Sé voluble, Fortuna, / pues así no tendrás a Romeo mucho tiempo / y podrás devolvérmelo»). Capuleto, que antes no tenía prisa por casar a Julieta, malinterpreta el dolor de su hija y se dispone a casarla apresuradamente con Paris. Por su parte, Julieta deberá escapar de esta boda forzosa mediante una estratagema en la que el tiempo lo es todo.

V

En *Julio César,* Casio, que intenta convencer a Bruto de que se una a la conjura, observa: «A veces los hombres gobiernan su destino. / Si estamos sometidos, mi querido Bruto, / la culpa no está en nuestra estrella, / sino en nosotros mismos». Por lo menos cinco años antes, Shakespeare había puesto en boca de Romeo su célebre reacción ante la supuesta muerte de Julieta: «¿Es verdad? Entonces yo os desafío, estrellas». En efecto, mientras que en *Julio César* y en las grandes tragedias que le siguen el personaje trágico es el responsable total o parcial del infortunio, ROMEO Y JULIETA aún expresa la vieja creencia de que los astros rigen nuestra vida y son, por tanto, los causantes de nuestras desgracias. El prólogo de la obra nos avisa de que vamos a presenciar la tragedia de dos jóvenes amantes marcados por la fatalidad. Al final de la cuarta escena, Romeo teme que «algún accidente aún oculto en las estrellas» va a iniciar su curso con la fiesta de los Capuletos a la que se dispone a asistir. Aunque las pocas referencias de este orden que encontramos en la primera mitad de la obra no basten para contrarrestar el ambiente de comedia que domina, al menos indican la clase de camino por el que van a discurrir los acontecimientos.

Como tragedia de amor, ROMEO Y JULIETA prefigura *Otelo* en al menos dos sentidos: se basa en una historia de amor romántico y parte de fórmulas de comedia. Ambos aspectos están relacionados entre sí. Observa R. S. White que, si tratan de amor, la tragedia y la comedia tienen un origen común en las historias románticas griegas o renacentistas: los diversos incidentes que determinan la acción suelen ser improbables y el final, feliz o triste, tiende a ser arbitrario. *El mercader de Venecia* termina bien gracias a la mediación inverosímil de Porcia. ROMEO Y JULIETA acaba mal porque un fraile no entrega una carta y un criado da un mensaje erróneo. *Otelo* también empieza bien: el amor de Otelo y Desdémona triunfa sobre las convenciones sociales, y el Dux y los senadores aprueban su boda secreta. En su primera fase, la obra se desarrolla como comedia romántica. Ahora bien, cuando Shakespeare la escribió (al menos unos ocho años después de ROMEO Y JULIETA), estaba dramatizando las operaciones del mal y la conducta de sus personajes como no lo había hecho hasta entonces. No es sólo que las maquinaciones de Yago sean mucho más siniestras que los presentimientos de Romeo, sino que en *Otelo* la tragedia se explica exclusiva o casi exclusivamente por la naturaleza y la situación del protagonista.

ROMEO Y JULIETA no es, pues, una tragedia de carácter: el infortunio de los protagonistas se debe más al azar que a la necesidad trágica y tratar de «justificarla» en comparación con tragedias como *Otelo* sería infructuoso. Por lo mismo, el ser tragedia de fortuna y depender del azar no significa que no sea satisfactoria: como podrían confirmar tantos lectores y espectadores, ROMEO Y JULIETA produce un efecto trágico porque los protagonistas, con los cuales es fácil identificarse, son vulnerables y caen víctimas de una situación de odio y violencia que ni desean ni pueden remediar.

VI

El prólogo nos informa de la enemistad entre dos familias principales de Verona, y el comienzo de la primera escena es una buena muestra de un conflicto cuya gravedad queda confirmada por la intervención del Príncipe. Sin embargo, la pelea la empiezan los criados y la siguen los miembros jóvenes de ambas familias: pese al esfuerzo de Benvolio (el «benévolo», el pacificador), Tebaldo, siempre airado, se obstina en combatir. Cuando los mayores se ven forzados a luchar, vemos que su situación es bien distinta: Capuleto pide su «espada de guerra», pero su mujer dice que le traigan una muleta; Montesco se dispone a pelear con su enemigo, pero su esposa se opone. Al comienzo de la segunda escena, el propio Capuleto confía en que podrá vivir en paz con su rival y demuestra buena disposición en la escena de la fiesta (I.v), cuando acepta gustoso la presencia de Romeo e impide que su sobrino Tebaldo intervenga violentamente contra él.

Una vez demostrado escénicamente el conflicto entre las dos familias, Shakespeare deja atrás lo público y se centra en lo privado. Primero, la familia Montesco y, especialmente, Romeo. Los padres parecen intrigados por saber qué le pasa a su hijo: diversas referencias hacen suponer que es un joven sociable, cortés y estimado, pero últimamente está cambiado y se muestra retraído. A través de su conversación con Benvolio observamos no sólo que está enamorado, sino que es rechazado por la cruel amada. La estilización del diálogo, con sus clichés y sus tópicos, confirma que el estado de Romeo viene a ser una parodia del amor petrarquista tan cultivado por la poesía de tiempos de Shakespeare. Se puede añadir que Romeo es un enamorado del amor y, en definitiva, un enamorado de sí mismo. Pero, a su vez, esa presentación privada remite a unos usos públicos: Romeo sigue una moda y lo que adopta es una pose social y no una actitud personal. Tal vez esta introducción del personaje se proponga algo más: mostrar desde el principio el carácter relativamente estereotipado de Romeo, ya que de la pareja protagonista es Julieta quien revela más personalidad y verosimilitud.

La presentación de Julieta se realiza en dos etapas sucesivas. Primero, indirectamente, en el diálogo entre su padre con el Conde Paris, su pretendiente, y después, directamente, en la escena tercera. Julieta aún no ha cumplido los catorce años, y su padre prefiere aplazar la boda unos dos años (aunque, cuando después se empeñe en precipitarla, demostrará que la edad no cuenta mucho en un matrimonio de conveniencia). Tras ser mencionada, Julieta aparece en la escena siguiente, pero su intervención es mínima y su presencia se ve dominada por la de su madre y, especialmente, la del ama. Sin embargo, es de Julieta, de su pasado, presente y futuro, de lo que se habla en esta escena. Aquí es el ama quien introduce la nota contrastiva en un célebre parlamento coloquial al parecer intrascendente. Ni las palabras del ama ni la escena en general aportan nada al movimiento de la acción: presentan personajes, ofrecen otro punto de vista y muestran un ambiente social.

El parlamento del ama da una viva impresión de espontaneidad. Su vocabulario, su ilógica sintaxis, sus digresiones y frecuentes interrupciones evocan las formas de la lengua hablada, especialmente la de una persona simple e iletrada, y su tono denota afecto y humanidad. De su contenido cabe destacar la referencia a la edad de Julieta (nacida en julio), a la muerte de Susana (hermana de leche de Julieta), al terremoto y al comentario del marido sobre un golpe recibido por la niña Julieta. El terremoto es un incidente excepcional en la vida del ama y en la de los que lo vivieron, y, por tanto, un hecho compartido por gentes muy distintas. El comentario («¿te caes boca abajo? / Cuando seas mayor te caerás boca arriba») es una forma tosca de aludir al amor y al matrimonio. La edad de Julieta remite al nacimiento, y la referencia a Susana, a la muerte. Así, pues, para el lector o espectador las palabras del ama presentan al personaje y contribuyen a crear un ambiente (para Julieta y su madre no pueden ser sino una historia muy oída), pero tal vez no sean tan intrascendentes. En su inconexa verborrea aparecen tres hechos esenciales: el nacimiento, el amor (creador de nueva vida) y la muerte. Los dos últimos son precisamente temas decisivos en ROMEO Y JULIETA. Por otra parte, puede que esta presentación del ama sea una forma de caracterizar a un personaje esencialmente simple, que acepta sin más los hechos de la vida y que se mostrará tan acomodaticio como para aconsejar a Julieta que olvide a su marido y se case con Paris.

VII

La acción hace innecesario entrar en el ambiente doméstico de los Montescos, pero, en cambio, exige ampliar el círculo de Romeo. Cuando este y Benvolio deciden ir a la fiesta de los Capuletos, lo hacen acompañados de Mercucio, un personaje que es para Romeo lo que el ama es para Julieta (la obra es simétrica hasta en la distribución de papeles). Su proximidad a los protagonistas nos induce a verlos como amigos suyos, pero en realidad se les oponen. Los dos son personajes de comedia muy pegados a la vida y distantes de todo idealismo: además de la locuacidad, Mercucio y el ama comparten un concepto del amor puramente sexual y antirromántico. Mercucio, claro está, es un gracioso inteligente con un ingenio verbal en continuo lucimiento. Su sueño de la reina Mab (un paralelo del parlamento del ama) es una fantasía desbordante que, según Romeo, no dice nada. Tal vez este juicio de Romeo haya que hacerlo extensivo a casi todo lo que dice Mercucio (la excepción son sus últimas palabras). En efecto, además de gracioso parlanchín, Mercucio es también activo y provocador, como lo demuestra primero con el ama (en II.iii) y después con Tebaldo en la decisiva escena central. Acusando de camorrista a Benvolio, Mercucio se acusa y retrata a sí mismo. Al añadirle este rasgo a su carácter, Shakespeare le asigna una función práctica en la acción: provocar a Tebaldo y morir a sus manos motiva el enfrentamiento entre Romeo y Tebaldo (inmotivado en versiones anteriores de la historia), lo que llevará a la muerte de este y al destierro de Romeo.

Con el enamoramiento de Romeo y Julieta se aclara y precisa la importancia de los distintos personajes. El primer beso de ambos en la fiesta los abstrae de su mundo circundante y, cuando más tarde corra al balcón de Julieta, Romeo tendrá que esconderse de sus mejores amigos (que se referirán a él y a su amor por Rosalina en términos abiertamente sexuales). Una vez concertada la boda con Julieta, Romeo se reúne con Benvolio y Mercucio, pero no les revela su secreto. Mercucio morirá sin conocerlo y Benvolio desaparecerá de la obra tras explicar públicamente la muerte de Mercucio y de Tebaldo.

Lo que Romeo y Julieta necesitan es amigos que puedan compartir su secreto y ayudarlos en su adversa situación. Aquí es donde entra en acción el ama, que al principio apoya a Julieta, y Fray Lorenzo, confesor y amigo de Romeo. El fraile siempre ha sido objeto de severas críticas, no tanto por casar a los jóvenes en secreto sin contar con sus padres, sino porque, llegado el momento, no revela el matrimonio de Julieta y, en su lugar, recurre al expediente del narcótico, y porque al final la abandona cuando ella más le necesita. En esto vienen a coincidir el fraile y el ama, únicos personajes a los que se han confiado Romeo y Julieta y que, consciente o inconscientemente y cada uno a su modo, acabarán traicionando esa confianza.

VIII

Observa Granville-Barker que toda la acción se ha ido preparando para el encuentro cara a cara entre Romeo y Tebaldo y añade que, tras la muerte de Mercucio y Tebaldo y el destierro de Romeo, Shakespeare concentra todos sus esfuerzos en llevar a los protagonistas a la inevitable tragedia. Pero Tebaldo es más un peón que un personaje desarrollado. Se puede decir que actúa agresivamente en la primera escena porque cree que Benvolio está atacando a los criados de su familia. Sin embargo, Tebaldo odia a los Montescos *de todos modos,* y para él cualquier pequeño incidente con un Montesco es más un pretexto que un motivo para manifestar su hostilidad. Esta falta de motivación es una de las razones de que se le juzgue como uno de los personajes más absurdos de Shakespeare.

El caso es que en esta «tragedia de verano», en una de esas tardes de julio en que el calor «inflama la sangre», Romeo, recién casado, mata al primo de Julieta. Que este sea el punto de partida de la tragedia propiamente dicha, parece indudable. Sin embargo, y a pesar de la muerte de Mercucio y de Tebaldo y del destierro de Romeo, la tragedia de los protagonistas *no es inevitable.* Romeo puede verse a sí mismo como juguete del destino, pero lo cierto es que tanto él como su joven esposa todavía tienen oportunidades. El que no lleguen a aprovecharlas se debe a las repetidas intervenciones del azar y la ignorancia, que son los mismos factores que los han llevado a la situación en la que ahora se encuentran.

En efecto, como apunta Bertrand Evans, Shakespeare no puede contentarse con decir en el prólogo que todo se debe al «destino»: si es así, hay que mostrar cómo obra el «destino» y Shakespeare sin duda lo muestra. Por lo pronto, no hay en Ro-MEO Y JULIETA un malvado consciente que sea el instrumento de la tragedia (un Claudio, un Yago o un Edmond, como en *Hamlet, Otelo* o *El rey Lear*). El instrumento del «destino» es, según Evans, la inconsciencia o ignorancia de unos personajes que actúan sin conocer la situación en que se encuentran ni entender las consecuencias de sus actos. Habría que añadir, no obstante, que esta ignorancia opera en alianza con el azar a través de las diversas «coincidencias» que Shakespeare va disponiendo a lo largo de la obra.

El primer ejemplo sería la gran batalla ciudadana del comienzo, a la cual dan lugar cuatro criados y que acaba requiriendo la intervención del Príncipe. A continuación, Shakespeare hace que Romeo y Benvolio se tropiecen con el iletrado mensajero de Capuleto y tengan que leer la lista de invitados a la fiesta. Aun siendo una celebración de su enemigo familiar, Romeo decide asistir a ella por ver a su amada Rosalina, pero en su lugar ve a Julieta y es visto por Tebaldo. Las consecuencias las conocemos: Romeo y Julieta se enamoran y Tebaldo toma como afrenta personal la presencia de Romeo en la fiesta. Los buenos oficios de Capuleto no hacen sino exacerbar la furia de Tebaldo, que desde entonces no parará hasta encontrar la ocasión de enfrentarse a Romeo.

De las consecuencias de este enfrentamiento ya se ha hablado. Ahora hay que añadir que la ignorancia de estas consecuencias se ve agravada por otro tipo de ignorancia no menos fatal: ni Tebaldo por un lado, ni Mercucio y Benvolio, por otro, saben que Romeo y Julieta se han enamorado y casado, y tanto Mercucio como Tebaldo morirán sin saberlo y sin haber entendido la amistosa actitud de Romeo antes de la lucha. La ironía dramática que Shakespeare ha puesto en juego desde el principio se hace ahora evidente, ya que quien sí sabe todo lo que está pasando es el lector o espectador. El avance de la acción demostrará que esta operación dramática no había hecho más que empezar.

La reaparición del Conde Paris (III.iv) trae consigo una nueva amenaza para la joven pareja. Es el lunes por la noche, es decir, unas seis u ocho horas después de la muerte de Tebaldo. El propio pretendiente observa que «tiempo de dolor no es tiempo de amor»; sin embargo, la madre le promete que al día siguiente verá cómo Julieta responde a su petición. Pues bien, como señaló Granville-Barker y precisa la acotación de la primera edición de la obra[3], el conde «se dispone a salir y Capuleto le llama» para hablar de matrimonio. Este impulso inesperado acelera la tragedia: ante la decisión inapelable de Capuleto de casar a su hija el jueves de esa misma semana, y al verse ella abandonada por el ama, la recién casada no tiene más remedio que recurrir al fraile, quien, como sabemos, le proporciona la pócima que la hará parecer muerta y cuyo efecto le permitirá reunirse más tarde con Romeo.

No obstante, Capuleto, entusiasmado después con su hija al creer que le pide sinceramente perdón y le promete obediencia, vuelve a tener otro impulso y adelanta la boda con Paris al miércoles. Esta decisión significa que, como Julieta tendrá que tomar el brebaje un día antes de lo previsto, el tiempo para la entrega de la carta a Romeo se reduce en un día, a la vez que la comunicación del falso mensaje se adelanta igualmente en un día. Permaneciendo en secreto el matrimonio de Romeo y Julieta, ni Paris sabe que su petición va a precipitar los acontecimientos ni Capuleto imagina las consecuencias de sus impulsos.

Como sabemos, Fray Juan no logra entregarle a Romeo la carta en la que se le informa del plan de Fray Lorenzo respecto a Julieta. En cambio, es Baltasar, criado de Romeo, quien, cumpliendo con su deber, precipita la tragedia al informar a su amo de que Julieta ha muerto (falso) porque ha visto con sus propios ojos cómo la enterraban (cierto). Si el mensaje que llevaba Fray Juan hubiera llegado a manos de Romeo y el fraile hubiera llegado antes que Baltasar, la intervención de este no habría tenido consecuencias. Sin embargo, Shakespeare apura hasta el final la alianza del azar y la ignorancia: cuando

---

[3] Sobre las acotaciones escénicas de esta edición, véase Nota preliminar, págs. 31-33.

Fray Lorenzo es informado de que su carta no se entregó, se dirige a la tumba de Julieta con el fin de estar presente cuando ella despierte, lo que sucede tal como se había previsto. Lo que el fraile no sabe es que la intervención de Baltasar ha llevado a Romeo al suicidio (que ha sucedido antes que él pudiera evitarlo). El huir y dejar sola a Julieta ante el cadáver de Romeo es el último incidente que lleva a cerrar completamente el círculo trágico tal como Shakespeare lo ha ido trazando: Julieta morirá sin saber por qué ha muerto Romeo.

Se ha observado que entre las supuestas deficiencias de ROMEO Y JULIETA está la comunicación pública de lo que ya sabe el lector o espectador. Benvolio y después Fray Lorenzo informan al Príncipe y demás presentes de las circunstancias que llevaron, respectivamente, a la muerte de Mercucio y Tebaldo, y a la de Paris, Romeo y Julieta. Pero la versión de Benvolio no es un fiel relato de los hechos (la Señora Capuleto observa que Benvolio «miente por afecto») y, por tanto, no repite exactamente lo ocurrido tal como lo hemos presenciado. En cuanto al parlamento final de Fray Lorenzo, no se puede decir que sea sesgado, pero es insuficiente en el sentido de que no dice toda la verdad tal como nosotros la conocemos. En cualquier caso, arguye Bertrand Evans, su intervención al final de la obra es una oportunidad para que los presentes, causantes de la tragedia en mayor o menor medida, conozcan no sólo el papel que les ha tocado desempeñar, sino también las consecuencias de sus actos.

IX

Más allá del lirismo y retórica, más allá de los juegos de palabras inocentes o indecentes, la acción está planteada y desarrollada rigurosa e inexorablemente: las operaciones del «destino» generan un interés dramático que mantiene viva hasta el final la atención del lector o espectador. Y, sin embargo, lo que nos mueve de ROMEO Y JULIETA no es su rigor formal o argumental, sino la manera como los actos de los distintos personajes representan una amenaza o un obstáculo a la felicidad de los protagonistas.

Como es fácil observar, Romeo y Julieta sólo aparecen juntos cuatro veces en toda la obra: cuando se conocen en la fiesta, en la escena del balcón, cuando se disponen a casarse y antes de separarse. La escena del balcón es el momento más prolongado (unos ciento cuarenta versos), seguido de su despedida (unos sesenta). Las otras dos ocasiones son sumamente breves: dieciocho versos al conocerse, once a punto de casarse. Pero lo que es común a todas ellas es el verse interrumpidas (por la madre, el ama o el fraile), como si los protagonistas no tuvieran derecho a estar solos sin ser molestados. Y es que el amor de Romeo y Julieta se ve contrariado no sólo por factores hostiles, sino también, y de un modo más sutil, por los elementos que podrían serles favorables.

La naturaleza de este amor exige el secreto, pero, a su vez, este aísla a la pareja. Mercucio muere creyendo que Romeo sigue amando a Rosalina, pero, en cualquier caso, su cinismo amoroso no le habría permitido comprender a los protagonistas. El ama ayuda a Julieta, pero su concepto puramente sexual del amor nos da a entender que lo hace a modo de una celestina, como no deja de observar Mercucio. El fraile accede a casar a Romeo y Julieta, pero no porque sea favorable a su amor por sí mismo, sino por una razón práctica: la reconciliación de las familias a que podría llevar su matrimonio. En cuanto a Capuleto y su mujer, la violencia con que tratan a Julieta porque ella se resiste a casarse con Paris deja a su hija en manos del ama, quien a su vez la abandona al proponerle que se case con Paris. Por su parte, el fraile también abandonará a Julieta en su tumba junto al cadáver de Romeo.

Sin embargo, a Shakespeare no parece interesarle la condena moral de estos personajes por sí misma (de hecho, ninguno de ellos obra con maldad), sino más bien por su efecto dramático: el patetismo suscitado por el total aislamiento en que unos y otros dejan a los protagonistas hasta el final de la obra; un final en el que los presentes lamentan el infortunio y celebran la reconciliación, pero no responden a un amor cuya excepcionalidad les supera.

ÁNGEL-LUIS PUJANTE

BIBLIOGRAFÍA SELECTA

EDICIONES

1.ª ed. en cuarto (Q$_1$), 1597, y 2.ª ed. en cuarto (Q$_2$), 1599, en *Shakespeare's Plays in Quarto* (a facsimile edition, eds. M. J. B. Allen & K. Muir, Berkeley, 1981).

Ed. H. H. FURNESS (New Variorum Edition), Philadelphia & London, 1871.

Ed. R. HOSLEY (New Yale Shakespeare), New Haven, 1954.

Ed. T. J. B. SPENCER (New Penguin Shakespeare), Harmondsworth, 1967.

Ed. B. GIBBONS (New Arden Shakespeare), London, 1980.

Ed. G. BLAKEMORE EVANS (New Cambridge Shakespeare), Cambridge, 1984.

Gen. eds. S. WELLS & G. TAYLOR, *The Complete Works*, Oxford, 1986.

ESTUDIOS

BROOKE, N., *Shakespeare's Early Tragedies*. London, 1968.

CALDERWOOD, J. L., *«Romeo and Juliet:* A Formal Dwelling», en R. B. Heilman (ed.), *Shakespeare: The Tragedies. New Perspectives*. Englewood Cliffs, 1984.

CARROLL, W. C., «'We were born to die': *Romeo and Juliet»*, *Comparative Drama*, 15, 1981, págs. 54-71.

CHARLTON, H. B., *Shakespeare Tragedy*. Cambridge, 1948.

CRIBB, T. J., «The Unity of *Romeo and Juliet»*, *Shakespeare Survey*, 34, 1981, págs. 93-104.

DASH, I. G., *Wooing, Wedding and Power: Women in Shakespeare's Plays*. New York, 1981.

DICKEY, F. M., *Not Wisely But Too Well: Shakespeare's Love Tragedies*. San Marino, 1957.

EVANS, B., «The Brevity of Friar Laurence», *P.M.L.A.*, LXV, 1950, págs. 841-865.

EVANS, R. O., *The Osier Cage. Rhetorical Devices in Romeo & Juliet*. Lexington, 1966.

EVERETT, B., *«Romeo and Juliet:* The Nurse's Story», en B. Cox & D. J. Palmer (eds.), *Shakespeare's Wide and Universal Stage*. Manchester, 1984.

GODDARD, H., «Romeo and Juliet», en su *The Meaning of Shakespeare,* vol. 1. Chicago & London, 1960.

GRANVILLE-BARKER, H., *Prefaces to Shakespeare,* vol. V. London, 1982 (1930).

HOLDING, P., *Romeo and Juliet: Text and Performance*. London, 1992.

HOSLEY, R., «The use of the Upper Stage in *Romeo and Juliet*», *Shakespeare Quarterly,* 5, 1954, págs. 371-379.

HUNTER, G. K., «Shakespeare's Earliest Tragedies: 'Titus Andronicus' and 'Romeo and Juliet', *Shakespeare Survey,* 27, 1974, págs. 1-9.

LAWLOR, J., «Romeo and Juliet», en J. Brown & B. Harris (eds.), *Early Shakespeare* (Stratford-upon-Avon Studies, 3). London, 1961.

LEVENSON, J., *Romeo and Juliet* (Shakespeare in Performance). Manchester, 1987.

LEVIN, H., «Form and Formality in *Romeo and Juliet*», *Shakespeare Quarterly,* 11, 1960, págs. 3-11.

LLOYD EVANS, G., *The Upstart Crow. An Introduction to Shakespeare's Plays*. London, 1982.

MAHOOD, M. M., *Shakespeare's Wordplay*. London, 1957.

MCARTHUR, H., «Romeo's Loquacious Friend», *Shakespeare Quarterly,* 10, 1959, págs. 35-44.

MCLUSKIE, K. E., «Shakespeare's Earth-treading Stars: the Image of the Masque in 'Romeo and Juliet'», *Shakespeare Survey,* 24, 1971, págs. 63-69.

MEDRANO VICARIO, I., «Romeo and Juliet», en Depart. de Inglés UNED, *Encuentros con Shakespeare*. Madrid, 1985.

MEHL, D., *Shakespeare's Tragedies: An Introduction.* Cambridge, 1986.

MOISAN, T., «Rhtoric and the Rehearsal of Death: the 'Lamentations' Scene in *Romeo and Juliet*», *Shakespeare Quarterly,* 34, 1983, págs. 389-404.

MUIR, K., *Shakespeare's Tragic Sequence.* Liverpool, 1979.

PÉREZ GÁLLEGO, C., «El primer encuentro de Romeo y Julieta», *Cuadernos Hispanoamericanos,* 373, 1981, págs. 150-158.

PETTET, E. C., «The Imagery of *Romeo and Juliet*», *English,* VIII, 1950, págs. 121-126.

SEWARD, J. H., *Tragic Vision in Romeo and Juliet.* Washington, 1973.

SNYDER, S., *The Comic Matrix of Shakespeare's Tragedies.* Princeton, 1979.

STAUFFER, D. A., «The School of Love: *Romeo and Juliet*», en A. Harbage (ed.), *Shakespeare: The Tragedies.* Englewood Cliffs, 1964.

TANSELLE, G. T., «Time in *Romeo and Juliet*», *Shakespeare Quarterly,* 15, 1964, págs. 349-361.

THOMAS, S., «The Queen Mab Speech in 'Romeo and Juliet'», *Shakespeare Survey,* 25, 1972, págs. 73-80.

UTTERBANK, R., «The Death of Mercutio», *Shakespeare Quarterly,* 24, 1973, págs. 105-116.

WATTS, C., *Romeo and Juliet.* New York & London, 1991.

WELLS, S., «Juliet's Nurse: the Uses of Inconsequentiality», en P. Edwards *et al.* (eds.), *Shakespeare's Styles.* Cambridge, 1980.

WHITE, R. S., *'Let Wonder Seem Familiar': Endings in Shakespeare's Romance Vision.* Princeton & London, 1985.

NOTA PRELIMINAR

El original del que proceden las ediciones modernas de RO-
MEO Y JULIETA es una edición en cuarto de 1599, basada seguramente en el manuscrito original de Shakespeare. Como en
su portada se dice que el texto ha sido corregido, aumentado y
enmendado, cabe suponer que se publicó para sustituir a la
«edición pirata» que le precedió y presentar la obra en su inte-
gridad, tal como ocurrió unos años después con *Hamlet*. En
efecto, en 1597 apareció una edición no autorizada de la obra,
que suele explicarse como una reconstrucción mnemotécnica
del original, realizada posiblemente con la ayuda de los acto-
res que intervinieron en las representaciones. Este texto con-
tiene numerosos errores y corrupciones y no pasa de 2.200 lí-
neas (verso y prosa), lo que representa unas tres cuartas partes
del texto de 1599. Según Hosley, el texto de la «edición pirata» de 1597 (conocida como Q_1) es, paradójicamente, poste-
rior al de la de 1599 (conocida como Q_2) y no al revés, ya que
presenta la obra *después de* la puesta en escena: pese a sus imperfecciones textuales, las acotaciones de Q_1 son más largas y
explícitas de lo habitual en Shakespeare y reflejan el juego escénico mejor que la de 1599 (que, por tanto, ofrece el texto
escrito *antes de* cualquier representación).

Todas las ediciones del siglo XVII proceden de Q_2 (y la reco-
gida en el infolio de 1623 es una reimpresión del texto de la
tercera edición en cuarto, de 1609). Sin embargo, Q_2 no es un
texto perfecto y plantea diversos problemas que requieren tener en cuenta variantes posteriores o efectuar enmiendas. En
ciertos casos y, una vez más, pese a sus muchas corrupciones,
el texto de Q_1 puede aportar alguna solución a estos problemas.

Para mi traducción me atengo básicamente al texto de Q_2 y, como en algunas ediciones modernas, acepto alguna lectura de Q_1 en puntos concretos, así como enmiendas posteriores. En especial, he incorporado casi todas las acotaciones escénicas de Q_1 en razón de su autoridad e interés histórico y escénico. Por lo demás, las pocas acotaciones que añado, puestas entre corchetes, proceden de ediciones modernas y suelen estar avaladas por el contexto o la tradición escénica. El punto y raya que a veces aparece en el diálogo intenta aclarar, sin necesidad de agregar más acotaciones, lo que generalmente es un cambio de interlocutor. Como en las primeras ediciones, en esta traducción se omite la localización escénica y, aunque no se prescinde de la división en actos y escenas, tampoco se la destaca tipográficamente ni se dejan grandes huecos entre escenas: el espacio escénico del teatro isabelino era abierto, carecía de telón y decorado y de la escenografía realista de épocas posteriores. El «lugar» de la acción venía indicado en el diálogo y, al parecer, la obra se representaba sin interrupción.

Por lo demás, y como mis otras traducciones de Shakespeare, esta nueva versión de ROMEO Y JULIETA aspira a ser fiel a la naturaleza dramática de la obra, a la lengua del autor y al idioma del lector[4]. Como queda explicado en la Introducción (véanse págs. 14-15), la lengua de ROMEO Y JULIETA es tan rica en juegos de palabras, recursos retóricos, rimas y registros que sería prolijo dar cuenta de todos ellos en las notas a pie de página de esta edición. Baste decir que, sin esclavizarme, he intentado reproducirlos en la traducción con el fin de ofrecer un efecto equivalente. También he querido traducir como tal la canción de la obra, de modo que la letra en castellano se ajuste a la partitura (melodía, ritmo y compases; véase en el Apéndice). En cuanto al texto original en verso suelto no rimado, que es el que predomina, lo pongo

---

[4] Los aspectos y problemas de la traducción de Shakespeare los he tratado por extenso en mi trabajo «Traducir el teatro isabelino, especialmente Shakespeare», *Cuadernos de Teatro Clásico,* núm. 4, Madrid, 1989, págs. 133-157, y más sucintamente en «Traducir Shakespeare: mis tres fidelidades», *Vasos comunicantes,* 5, Madrid, Otoño 1995, págs. 11-21.

en verso libre por parecerme el medio más idóneo, ya que permite trasladar el sentido sin desatender los recursos estilísticos ni prescindir de la andadura rítmica.

*

Una vez más, quisiera expresar mi agradecimiento a quienes me ayudan, de una u otra forma, a preparar mis traducciones de Shakespeare: Veronica Maher, Eloy Sánchez Rosillo, Pedro García Montalvo, Mariano de Paco y Miguel Ángel Centenero. A todos ellos, mi gratitud más sincera.

A.-L. P.

ROMEO Y JULIETA

DRAMATIS PERSONAE

El CORO

ROMEO
MONTESCO, su padre
SEÑORA MONTESCO
BENVOLIO, sobrino de Montesco
ABRAHÁN, criado de Montesco
BALTASAR, criado de Romeo

JULIETA
CAPULETO, su padre
SEÑORA CAPULETO
TEBALDO, su sobrino
PARIENTE DE CAPULETO
EL AMA de Julieta
PEDRO ⎫
SANSÓN ⎬ criados de Capuleto
GREGORIO ⎭

Della Scala, PRÍNCIPE de Verona
MERCUCIO ⎫
El Conde PARIS ⎬ parientes del Príncipe
PAJE de Paris

FRAY LORENZO
FRAY JUAN
Un BOTICARIO

Criados, músicos, guardias, ciudadanos, máscaras, etc.

LA TRAGEDIA DE ROMEO Y JULIETA

PRÓLOGO [*Entra*] *el* CORO [1].

CORO
En Verona, escena de la acción,
dos familias de rango y calidad
renuevan viejos odios con pasión
y manchan con su sangre la ciudad.
De la entraña fatal de estos rivales
nacieron dos amantes malhadados,
cuyas desgracias y funestos males
enterrarán conflictos heredados.
El curso de un amor de muerte herido
y una ira paterna tan extrema
que hasta el fin de sus hijos no ha cedido
será en estas dos horas [2] nuestro tema.
Si escucháis la obra con paciencia,
nuestro afán salvará toda carencia.

[*Sale.*]

---

[1]   La *Tragicall History of Romeus and Juliet,* de Brooke, fuente de Shakespeare (véase Intr., pág. 12), está precedida de un soneto titulado *The Ar-
gument.* Shakespeare esboza el argumento de su obra en un soneto isabelino
(compuesto de tres cuartetos y un pareado), forma que volverá a utilizar en el
primer encuentro entre Romeo y Julieta (véase n. 19, págs. 64-65) y en el segundo prólogo (véase n. 21, pág. 67).
[2]   Duración aproximada de una obra en el teatro isabelino, aunque en muchos casos la duración tenía que ser mayor, a juzgar por la extensión de algunos textos.

I.i   *Entran* SANSÓN *y* GREGORIO, *de la casa de los Capuletos,*
       armados con espada y escudo.

SANSÓN
    Gregorio, te juro que no vamos a tragar saliva.
GREGORIO
    No, que tan tragones no somos[3].
SANSÓN
    Digo que si no los tragamos, se les corta el cuello.
GREGORIO
    Sí, pero no acabemos con la soga al cuello.
SANSÓN
    Si me provocan, yo pego rápido.
GREGORIO
    Sí, pero a pegar no te provocan tan rápido.
SANSÓN
    A mí me provocan los perros de los Montescos.
GREGORIO
    Provocar es mover y ser valiente, plantarse, así que si te
    provocan, tú sales corriendo.
SANSÓN
    Los perros de los Montescos me mueven a plantarme. Con un
    hombre o mujer de los Montescos me agarro a las paredes.
GREGORIO
    Entonces es que te pueden, porque al débil lo empujan con-
    tra la pared.
SANSÓN
    Cierto, y por eso a las mujeres, seres débiles, las empujan
    contra la pared. Así que yo echaré de la pared a los hombres
    de Montesco y empujaré contra ella a las mujeres.
GREGORIO
    Pero la disputa es entre nuestros amos y nosotros, sus criados.
SANSÓN
    Es igual; me portaré como un déspota. Cuando haya peleado
    con los hombres, seré cortés con las doncellas: las desvergaré.

---

[3]   Sobre la lengua de *Romeo y Julieta,* véase Introducción, págs. 14-15, y
Nota preliminar, págs. 31-33.

GREGORIO
>   ¿Desvergar doncellas?

SANSÓN
>   Sí, desvergar o desvirgar. Tómalo por donde quieras.

GREGORIO
>   Por dónde lo sabrán las que lo prueben.

SANSÓN
>   Pues me van a probar mientras este no se encoja, y ya se
>   sabe que soy más carne que pescado.

GREGORIO
>   Menos mal, que, si no, serías un merluzo. Saca el hierro,
>   que vienen de la casa de Montesco.

>   *Entran otros dos criados [uno llamado* ABRAHÁN].

SANSÓN
>   Aquí está mi arma. Tú pelea; yo te guardo las espaldas.

GREGORIO
>   ¿Para volver las tuyas y huir?

SANSÓN
>   Descuida, que no.

GREGORIO
>   No, contigo no me descuido.

SANSÓN
>   Tengamos la ley de nuestra parte: que empiecen ellos.

GREGORIO
>   Me pondré ceñudo cuando pase por su lado, y que se lo to-
>   men como quieran.

SANSÓN
>   Si se atreven. Yo les haré burla[4], a ver si se dejan insultar.

ABRAHÁN
>   ¿Nos hacéis burla, señor?

SANSÓN
>   Hago burla.

---

[4]   En el original, «I wil bite my thumb at them» (literalmente, «me mor-
deré el pulgar contra ellos»). Este gesto de desprecio o desafío se hacía, al
parecer, chascando la uña del pulgar con los dientes.

ABRAHÁN
   ¿Nos hacéis burla a nosotros, señor?
SANSÓN [*aparte a* GREGORIO]
   ¿Tenemos la ley de nuestra parte si digo que sí?
GREGORIO [*aparte a* SANSÓN]
   No.
SANSÓN
   No, señor, no os hago burla. Pero hago burla, señor.
GREGORIO
   ¿Buscáis pelea?
ABRAHÁN
   ¿Pelea? No, señor.
SANSÓN
   Mas si la buscáis, aquí estoy yo: criado de tan buen amo
   como el vuestro.
ABRAHÁN
   Mas no mejor.
SANSÓN
   Pues...

   Entra BENVOLIO.

GREGORIO [*aparte a* SANSÓN]
   Di que mejor: ahí viene un pariente del amo [5].
SANSÓN
   Sí, señor: mejor.
ABRAHÁN
   ¡Mentira!
SANSÓN
   Desenvainad si sois hombres. Gregorio, recuerda tu mandoble.

   Pelean.

BENVOLIO [*desenvaina*]
   ¡Alto, bobos! Envainad; no sabéis lo que hacéis.

   Entra TEBALDO.

---

[5]   Tebaldo, a quien ven acercarse.

TEBALDO
¿Conque desenvainas contra míseros esclavos?
Vuélvete, Benvolio, y afronta tu muerte.
BENVOLIO
Estoy poniendo paz. Envaina tu espada
o ve con ella e intenta detenerlos.
TEBALDO
¿Y armado hablas de paz? Odio esa palabra
como odio el infierno, a ti y a los Montescos.
¡Vamos, cobarde!

> [*Luchan.*]
> *Entran tres o cuatro* CIUDADANOS *con palos.*

CIUDADANOS
¡Palos, picas, partesanas! ¡Pegadles! ¡Tumbadlos!
¡Abajo con los Capuletos! ¡Abajo con los Montescos!

> *Entran* CAPULETO, *en bata*[6], *y su esposa* [*la* SE-
> ÑORA CAPULETO].

CAPULETO
¿Qué ruido es ese? ¡Dadme mi espada de guerra!
SEÑORA CAPULETO
¡Dadle una muleta! — ¿Por qué pides la espada?

> *Entran* MONTESCO *y su esposa* [*la* SEÑORA
> MONTESCO].

CAPULETO
¡Quiero mi espada! ¡Ahí está Montesco,
blandiendo su arma en desafío!
MONTESCO
¡Infame Capuleto! — ¡Suéltame, vamos!
SEÑORA MONTESCO
Contra tu enemigo no darás un paso.

---

[6] Es decir, despertado por el alboroto.

Entra el PRÍNCIPE DELLA SCALA, *con su séquito.*

PRÍNCIPE
  ¡Súbditos rebeldes, enemigos de la paz,
  que profanáis el acero con sangre ciudadana! —
  ¡No escuchan! — ¡Vosotros, hombres, bestias,
  que apagáis el ardor de vuestra cólera
  con chorros de púrpura que os salen de las venas!
  ¡Bajo pena de tormento, arrojad de las manos
  sangrientas esas mal templadas armas
  y oíd la decisión de vuestro Príncipe!
  Tres refriegas, que, por una palabra de nada,
  vos causasteis, Capuleto, y vos, Montesco,
  tres veces perturbaron la quietud de nuestras calles
  e hicieron que los viejos de Verona
  prescindiesen de su grave indumentaria
  y con viejas manos empuñasen viejas armas,
  corroídas en la paz, por apartaros
  del odio que os corroe. Si causáis
  otro disturbio, vuestra vida será el precio.
  Por esta vez, que todos se dispersen.
  Vos, Capuleto, habréis de acompañarme.
  Montesco, venid esta tarde a Villa Franca [7],
  mi Palacio de Justicia, a conocer
  mis restantes decisiones sobre el caso.
  ¡Una vez más, bajo pena de muerte, dispersaos!

          Salen [*todos, menos* MONTESCO, *la* SEÑORA
          MONTESCO *y* BENVOLIO].

MONTESCO
  ¿Quién ha renovado el viejo pleito?
  Dime, sobrino, ¿estabas aquí cuando empezó?

---

  [7]   En el original, «Free-towne», que Shakespeare tomó de Brooke y que
deriva de «Villa franca», en la versión de Bandello (véase Introducción,
pág. 12).

BENVOLIO
  Cuando llegué, los criados de vuestro adversario
  estaban enzarzados con los vuestros.
  Desenvainé por separarlos. En esto apareció
  el fogoso Tebaldo, espada en mano,
  y la blandía alrededor de la cabeza,
  cubriéndome de insultos y cortando el aire,
  que, indemne, le silbaba en menosprecio.
  Mientras cruzábamos tajos y estocadas,
  llegaron más, y lucharon de uno y otro lado
  hasta que el Príncipe vino y pudo separarlos.
SEÑORA MONTESCO
  ¿Y Romeo? ¿Le has visto hoy? Me alegra
  el ver que no ha estado en esta pelea.
BENVOLIO
  Señora, una hora antes de que el astro rey
  asomase por las áureas ventanas del oriente,
  la inquietud me empujó a pasear.
  Entonces, bajo unos sicamores
  que crecen al oeste de Verona,
  caminando tan temprano vi a vuestro hijo.
  Fui hacia él, que, advirtiendo mi presencia,
  se escondió en el boscaje.
  Medí sus sentimientos por los míos,
  que ansiaban un espacio retirado
  (mi propio ser entristecido me sobraba),
  seguí mi humor al no seguir el suyo [8]
  y gustoso evité a quien por gusto me evitaba.
MONTESCO
  Le han visto allí muchas mañanas, aumentando
  con su llanto el rocío de la mañana,
  añadiendo a las nubes sus nubes de suspiros.
  Mas, en cuanto el sol, que todo alegra,
  comienza a descorrer por el remoto oriente
  las oscuras cortinas del lecho de Aurora,

---

[8]   Benvolio, que quería estar solo, logró su deseo no buscando la compañía de Romeo, que también quería estar solo.

mi melancólico hijo huye de la luz
y se encierra solitario en su aposento,
cerrando las ventanas, expulsando toda luz
y creándose una noche artificial[9].
Este humor será muy sombrío y funesto
si la causa no la quita el buen consejo.

BENVOLIO
Mi noble tío, ¿conocéis vos la causa?

MONTESCO
Ni la conozco, ni por él puedo saberla.

BENVOLIO
¿Le habéis apremiado de uno u otro modo?

MONTESCO
Sí, y también otros amigos,
mas él sólo confía sus sentimientos
a sí mismo, no sé si con acierto,
y se muestra tan callado y reservado,
tan insondable y tan hermético
como flor comida por gusano
antes de abrir sus tiernos pétalos al aire
o al sol ofrecerle su hermosura.
Si supiéramos la causa de su pena,
le daríamos remedio sin espera.

Entra ROMEO.

BENVOLIO
Ahí viene. Os lo ruego, poneos a un lado:
me dirá su dolor, si no se ha obstinado.

MONTESCO
Espero que, al quedarte, por fin oigas
su sincera confesión. Vamos, señora.

Salen [MONTESCO *y la* SEÑORA MONTESCO].

---

[9]   En las palabras de Benvolio y de Montesco se resumiría la conducta re-
traída e insociable del típico enamorado desdeñado por su amada, según la
poesía isabelina de corte petrarquista.

BENVOLIO
  Buenos días, primo.

ROMEO
  ¿Ya es tan de mañana?

BENVOLIO
  Las nueve ya han dado.

ROMEO
  ¡Ah! Las horas tristes se alargan.
  ¿Era mi padre quien se fue tan deprisa?

BENVOLIO
  Sí. ¿Qué tristeza alarga las horas de Romeo?

ROMEO
  No tener lo que, al tenerlo, las abrevia.

BENVOLIO
  ¿Enamorado?

ROMEO
  Cansado.

BENVOLIO
  ¿De amar?

ROMEO
  De no ser correspondido por mi amada.

BENVOLIO
  ¡Ah! ¿Por qué el amor, de presencia gentil,
  es tan duro y tiránico en sus obras?

ROMEO
  ¡Ah! ¿Por qué el amor, con la venda en los ojos,
  puede, siendo ciego, imponer sus antojos?
  ¿Dónde comemos? [10]. ¡Ah! ¿Qué pelea ha habido?
  No me lo digas, que ya lo sé todo.
  Tumulto de odio, pero más de amor.
  ¡Ah, amor combativo! ¡Ah, odio amoroso!
  ¡Ah, todo, creado de la nada!
  ¡Ah, grave levedad, seria vanidad, caos deforme
  de formas hermosas, pluma de plomo,

---

[10] Según algunos comentaristas, esta inesperada pregunta demuestra que
la conducta de Romeo no es más que una pose, mientras que, según otros,
Romeo sólo pretende desviar la curiosidad de Benvolio.

humo radiante, fuego glacial, salud enfermiza,
sueño desvelado, que no es lo que es!
Yo siento este amor sin sentir nada en él.
¿No te ríes?

BENVOLIO
No, primo; más bien lloro.

ROMEO
¿Por qué, noble alma?

BENVOLIO
Porque en tu alma hay dolor.

ROMEO
Así es el pecado del amor:
mi propio pesar, que tanto me angustia,
tú ahora lo agrandas, puesto que lo turbas
con el tuyo propio. Ese amor que muestras
añade congoja a la que me supera.
El amor es humo, soplo de suspiros:
se esfuma, y es fuego en ojos que aman;
refrénalo, y crece como un mar de lágrimas.
¿Qué cosa es, si no? Locura juiciosa,
amargor que asfixia, dulzor que conforta.
Adiós, primo mío.

BENVOLIO
                              Voy contigo, espera;
injusto serás si ahora me dejas.

ROMEO
¡Bah! Yo no estoy aquí, y me hallo perdido.
Romeo no es este: está en otro sitio.

BENVOLIO
Habla en serio y dime quién es la que amas.

ROMEO
¡Ay! ¿Quieres oírme gemir?

BENVOLIO
¿Gemir? No: quiero que digas en serio quién es.

ROMEO
Pídele al enfermo que haga testamento;
para quien tanto lo está, es un mal momento.
En serio, primo, amo a una mujer.

BENVOLIO

Por ahí apuntaba yo cuando supe que amabas.

ROMEO

¡Buen tirador! Y la que amo es hermosa.

BENVOLIO

Si el blanco es hermoso, antes se acierta.

ROMEO

Ahí has fallado: Cupido no la alcanza
con sus flechas; es prudente cual Diana:
su casta coraza la protege tanto
que del niño Amor no la hechiza el arco.
No puede asediarla el discurso amoroso,
ni cede al ataque de ojos que asaltan,
ni recoge el oro que tienta hasta a un santo.
En belleza es rica y su sola pobreza
está en que, a su muerte, muere su riqueza.

BENVOLIO

¿Así que ha jurado vivir siempre casta?

ROMEO

Sí, y con ese ahorro todo lo malgasta:
matando lo bello por severidad
priva de hermosura a la posteridad.
Al ser tan prudente con esa belleza
no merece el cielo, pues me desespera.
No amar ha jurado, y su juramento
a quien te lo cuenta le hace vivir muerto.

BENVOLIO

Hazme caso y no pienses más en ella.

ROMEO

Enséñame a olvidar.

BENVOLIO

Deja en libertad a tus ojos:
contempla otras bellezas.

ROMEO

Así estimaré la suya en mucho más.
Esas máscaras negras que acarician
el rostro de las bellas nos traen al recuerdo
la belleza que ocultan. Quien ciego ha quedado
no olvida el tesoro que sus ojos perdieron.

Muéstrame una dama que sea muy bella.
¿Qué hace su hermosura sino recordarme
a la que supera su belleza?
Enseñarme a olvidar no puedes. Adiós.

BENVOLIO
Pues pienso enseñarte o morir tu deudor.

Salen.

I.ii   *Entran* CAPULETO, *el Conde* PARIS *y el gracioso* [CRIADO
        de Capuleto].

CAPULETO
Montesco está tan obligado como yo,
bajo la misma pena. A nuestros años
no será difícil, creo yo, vivir en paz.

PARIS
Ambos gozáis de gran reputación y es lástima
que llevéis enfrentados tanto tiempo.
En fin, señor, ¿qué decís a este pretendiente?

CAPULETO
Lo que ya he dicho antes:
mi hija nada sabe de la vida;
aún no ha llegado a los catorce.
Dejad que muera el esplendor de dos veranos
y habrá madurado para desposarse.

PARIS
Otras más jóvenes ya son madres felices.

CAPULETO
Quien pronto se casa, pronto se amarga.
Mis otras esperanzas las cubrió la tierra;
ella es la única que me queda en la vida.
Mas cortejadla, Paris, enamoradla,
que en sus sentimientos ella es la que manda.
Una vez que acepte, daré sin reservas
mi consentimiento al que ella prefiera.
Esta noche doy mi fiesta de siempre,
a la que vendrá multitud de gente,

y todos amigos. Uníos a ellos
y con toda el alma os acogeremos.
En mi humilde casa esta noche ved
estrellas terrenas el cielo encender.
La dicha que siente el joven lozano
cuando abril vistoso muda el débil paso
del caduco invierno, ese mismo goce
tendréis en mi casa estando esta noche
entre mozas bellas. Ved y oíd a todas,
y entre ellas amad a la más meritoria;
con todas bien vistas, tal vez al final
queráis a la mía, aunque es una más.
Venid vos conmigo. [*Al* CRIADO.] Tú ve por Verona,
recorre sus calles, busca a las personas
que he apuntado aquí; diles que mi casa,
si bien les parece, su presencia aguarda.

Sale [*con el Conde* PARIS].

CRIADO
¡Que busque a las personas que ha apuntado aquí! Ya lo dicen: el zapatero, a su regla; el sastre, a su horma; el pesca-
dor, a su brocha, y el pintor, a su red. Pero a mí me mandan
que busque a las personas que ha apuntado, cuando no sé
leer los nombres que ha escrito el escribiente. Preguntaré
al instruido.

Entran BENVOLIO y ROMEO.

¡Buena ocasión!
BENVOLIO
Vamos, calla: un fuego apaga otro fuego;
el pesar de otro tu dolor amengua;
si estás mareado, gira a contrapelo;
la angustia insufrible la cura otra pena.
Aqueja tu vista con un nuevo mal
y el viejo veneno pronto morirá.
ROMEO
Las cataplasmas son grandes remedios.

BENVOLIO
    Remedios, ¿contra qué?
ROMEO
    Golpe en la espinilla.
BENVOLIO
    Pero, Romeo, ¿tú estás loco?
ROMEO
    Loco, no; más atado que un loco:
    encarcelado, sin mi alimento, azotado
    y torturado, y... Buenas tardes, amigo.
CRIADO
    Buenas os dé Dios. Señor, ¿sabéis leer?
ROMEO
    Sí, mi mala fortuna en mi adversidad.
CRIADO
    Eso lo habréis aprendido de memoria. Pero, os lo ruego,
    ¿sabéis leer lo que veáis?
ROMEO
    Si conozco el alfabeto y el idioma, sí.
CRIADO
    Está claro. Quedad con Dios.
ROMEO
    Espera, que sí sé leer.

Lee el papel.

    «El *signor* Martino, esposa e hijas.
    El conde Anselmo y sus bellas hermanas.
    La viuda del *signor* Vitruvio.
    El *signor* Piacencio y sus lindas sobrinas.
    Mercucio y su hermano Valentino.
    Mi tío Capuleto, esposa e hijas.
    Mi bella sobrina Rosalina y Livia.
    El *signor* Valentino y su primo Tebaldo.
    Lucio y la alegre Elena».

    Bella compañía. ¿Adónde han de ir?
CRIADO
    Arriba.

ROMEO

>   ¿Adónde? ¿A una cena?

CRIADO

>   A nuestra casa.

ROMEO

>   ¿A casa de quién?

CRIADO

>   De mi amo.

ROMEO

>   Tenía que habértelo preguntado antes.

CRIADO

>   Os lo diré sin que preguntéis. Mi amo es el grande y rico
>   Capuleto, y si vos no sois de los Montescos, venid a echar
>   un trago de vino. Quedad con Dios.

>   *Sale*

BENVOLIO

>   En el festín tradicional de Capuleto
>   estará tu amada, la bella Rosalina [11],
>   con las más admiradas bellezas de Verona.
>   Tú ve a la fiesta: con ojo imparcial
>   compárala con otras que te mostraré,
>   y, en lugar de un cisne, un cuervo has de ver.

ROMEO

>   Si fuera tan falso el fervor de mis ojos,
>   que mis lágrimas se conviertan en llamas,
>   y si se anegaron, siendo mentirosos,
>   y nunca murieron, cual herejes ardan.
>   ¡Otra más hermosa! Si todo ve el sol,
>   su igual nunca ha visto desde la creación.

BENVOLIO

>   Te parece bella si no ves a otras:
>   tus ojos con ella misma la confrontan.
>   Pero si tus ojos hacen de balanza,

---

[11]   Mencionada antes en la lista de invitados como sobrina de Capuleto,
es ahora cuando sabemos cómo se llama la amada de Romeo.

sopesa a tu amada con cualquier muchacha
que pienso mostrarte brillando en la fiesta,
y lucirá menos la que ahora te ciega.

ROMEO
Iré, no por admirar a las que elogias,
sino sólo el esplendor de mi señora.

[*Salen.*]

I.iii   *Entran la* SEÑORA CAPULETO *y el* AMA.

SEÑORA CAPULETO
Ama, ¿y mi hija? Dile que venga.

AMA
Ah, por mi virginidad a mis doce años,
¡si la mandé venir! ¡Eh, paloma! ¡Eh, reina!
¡Santo cielo! ¿Dónde está la niña? ¡Julieta!

Entra JULIETA.

JULIETA
Hola, ¿quién me llama?

AMA
Tu madre.

JULIETA
Aquí estoy, señora. ¿Qué deseáis?

SEÑORA CAPULETO
Pues se trata... Ama, déjanos un rato;
hemos de hablar a solas... Ama, vuelve.
Pensándolo bien, más vale que lo oigas.
Sabes que mi hija está en edad de merecer.

AMA
Me sé su edad hasta en las horas.

SEÑORA CAPULETO
Aún no tiene los catorce.

AMA
Apuesto catorce de mis dientes
(aunque, ¡válgame!, no me quedan más que cuatro)

a que no ha cumplido los catorce.
¿Cuánto falta para que acabe julio?[12].

SEÑORA CAPULETO

Dos semanas y pico.

AMA

Pues con o sin pico, entre todos los días del año
la última noche de julio cumple los catorce.
Susana y ella (¡Señor, da paz a las ánimas!)
tenían la misma edad. Bueno, Susana
está en el cielo, yo no la merecía. Como digo,
la última noche de julio cumple los catorce,
vaya que sí; me acuerdo muy bien.
Del terremoto hace ahora once años
y, de todos los días del año (nunca
se me olvidará) ese mismo día la desteté:
me había puesto ajenjo en el pecho,
ahí sentada al sol, bajo el palomar.
El señor y vos estabais en Mantua
(¡qué memoria tengo!). Pero, como digo,
en cuanto probó el ajenjo en mi pezón
y le supo tan amargo... Angelito,
¡hay que ver qué rabia le dio la teta!
De pronto el palomar dice que tiembla; desde luego,
no hacía falta avisarme que corriese.
Y de eso ya van once años, pues entonces
se tenía en pie ella solita. ¡Qué digo!
¡Pero si podía andar y correr!
El día antes se dio un golpe en la frente,
y mi marido (que en paz descanse,
siempre alegre), levantó a la niña.
«Ajá», le dijo, «¿Te caes boca abajo?
Cuando tengas más seso te caerás boca arriba,
¿a que sí, Juli?». Y, Virgen Santa,

---

[12] Exactamente, para «Lammas-tide», antigua fiesta de la cosecha, de
raigambre anglosajona, que se celebra el 1 de agosto. La Iglesia católica con-
memoraba en ese día la milagrosa excarcelación de San Pedro. Este dato si-
túa la acción a mediados de julio y sirve como punto de referencia para el
cumpleaños de Julieta, nacida en la víspera de la mencionada fiesta.

la mocosilla paró de llorar y dijo que sí.
¡Pensar que la broma iba a cumplirse!
Aunque viva mil años, juro que nunca
se me olvidará. «¿A que sí, Juli?», dice.
Y la pobrecilla se calla y le dice que sí.

SEÑORA CAPULETO
Ya basta. No sigas, te lo ruego.

AMA
Sí, señora. Pero es que me viene la risa
de pensar que se calla y le dice que sí.
Y eso que llevaba en la frente un chichón
de grande como un huevo de pollo;
un golpe muy feo, y lloraba amargamente.
«Ajá», dice mi marido, «¿te caes boca abajo?
Cuando seas mayor te caerás boca arriba,
¿a que sí, Juli?». Y se calla y le dice que sí.

JULIETA
Calla tú también, ama, te lo ruego.

AMA
¡Chsss...! He dicho. Dios te dé su gracia;
fuiste la criatura más bonita que crié.
Ahora mi único deseo
es vivir para verte casada.

SEÑORA CAPULETO
Pues de casamiento venía yo a hablar.
Dime, Julieta, hija mía,
¿qué te parece la idea de casarte?

JULIETA
Es un honor que no he soñado.

AMA
¡Un honor! Si yo no fuera tu nodriza,
diría que mamaste listeza de mis pechos.

SEÑORA CAPULETO
Pues piensa ya en el matrimonio. Aquí, en Verona,
hay damas principales, más jóvenes que tú,
que ya son madres. Según mis cuentas,
yo te tuve a ti más o menos a la edad
que tú tienes ahora. Abreviando:
el gallardo Paris te pretende.

AMA

¡Qué hombre, jovencita! Un hombre
que el mundo entero... ¡Es la perfección!

SEÑORA CAPULETO

El estío de Verona no da tal flor.

AMA

¡Eso, es una flor, toda una flor!

SEÑORA CAPULETO

¿Qué dices? ¿Podrás amar al caballero?
Esta noche le verás en nuestra fiesta [13].
Si lees el semblante de Paris como un libro,
verás que la belleza ha escrito en él la dicha.
Examina sus facciones y hallarás
que congenian en armónica unidad,
y, si algo de este libro no es muy claro,
en el margen de sus ojos va glosado.
A este libro de amor, que ahora es tan bello,
le falta cubierta para ser perfecto.
Si en el mar vive el pez, también hay excelencia
en todo lo bello que encierra belleza:
hay libros con gloria, pues su hermoso fondo
queda bien cerrado con broche de oro.
Todas sus virtudes, uniéndote a él,
también serán tuyas, sin nada perder.

AMA

Perder, no; ganar: el hombre engorda a la mujer.

SEÑORA CAPULETO

En suma, ¿crees que a Paris amarás?

JULIETA

Creo que sí, si la vista lleva a amar.
Mas no dejaré que mis ojos le miren
más de lo que vuestro deseo autorice.

Entra un CRIADO.

CRIADO

Señora, los convidados ya están; la cena, en la mesa; pre-

---

[13]   Sin embargo, no aparecerá en ella.

guntan por vos y la señorita; en la despensa maldicen al
ama, y todo está por hacer. Yo voy a servir. Os lo ruego, venid en seguida.

Sale.

Señora Capuleto
Ahora mismo vamos. Julieta, te espera el conde.
Ama
¡Vamos! ¡A gozar los días gozando las noches!

Salen.

I.iv   *Entran* Romeo, Mercucio, Benvolio, *con cinco o seis
máscaras, portadores de antorchas.*

Romeo
¿Decimos el discurso de rigor
o entramos sin dar explicaciones?
Benvolio
Hoy ya no se gasta tanta ceremonia:
nada de Cupido con los ojos vendados
llevando por arco una regla pintada
y asustando a las damas como un espantajo,
ni tímido prólogo que anuncia una entrada
dicho de memoria con apuntador.
Que nos tomen como quieran. Nosotros
les tomamos algún baile y nos vamos.
Romeo
Dadme una antorcha, que no estoy para bailes.
Si estoy tan sombrío, llevaré la luz.
Mercucio
No, gentil Romeo: tienes que bailar.
Romeo
No, de veras. Vosotros lleváis calzado
de ingrávida suela, pero yo del suelo
no puedo moverme, de tanto que me pesa el alma.

MERCUCIO

Tú, enamorado, pídele las alas a Cupido
y toma vuelo más allá de todo salto.

ROMEO

El vuelo de su flecha me ha alcanzado
y ya no puedo elevarme con sus alas,
ni alzarme por encima de mi pena,
y así me hundo bajo el peso del amor.

MERCUCIO

Para hundirte en amor has de hacer peso:
demasiada carga para cosa tan tierna.

ROMEO

¿Tierno el amor? Es harto duro,
harto áspero y violento, y se clava como espina.

MERCUCIO

Si el amor te maltrata, maltrátalo tú:
si se clava, lo clavas y lo hundes.
Dadme una máscara, que me tape el semblante:
para mi cara, careta. ¿Qué me importa ahora
que un ojo curioso note imperfecciones?
Que se ruborice este mascarón.

BENVOLIO

Vamos, llamad y entrad. Una vez dentro,
todos a mover las piernas.

ROMEO

Dadme una antorcha. Que la alegre compañía
haga cosquillas con sus pies a las esteras [14],
que a mí bien me cuadra el viejo proverbio:
bien juega quien mira, y así podré ver
mejor la partida; pero sin jugar.

MERCUCIO

Te la juegas, dijo el guardia.
Si no juegas, habrá que sacarte;
sacarte, con perdón, del fango amoroso
en que te hundes. Ven, que se apaga la luz.

---

[14] Exactamente, los juncos verdes con que solía cubrirse el suelo de las
casas y, a veces, el de los escenarios.

ROMEO
  No es verdad.
MERCUCIO
  Digo que si nos entretenemos,
  malgastamos la antorcha, cual si fuese de día.
  Toma el buen sentido y verás que aciertas
  cinco veces más que con la listeza.
ROMEO
  Nosotros al baile venimos por bien,
  mas no veo el acierto.
MERCUCIO
                                    Pues dime por qué.
ROMEO
  Anoche tuve un sueño.
MERCUCIO
                                    Y también yo.
ROMEO
  ¿Qué soñaste?
MERCUCIO
                          Que los sueños son ficción.
ROMEO
  No, porque durmiendo sueñas la verdad.
MERCUCIO
  Ya veo que te ha visitado la reina Mab [15],
  la partera de las hadas. Su cuerpo
  es tan menudo cual piedra de ágata
  en el anillo de un regidor.
  Sobre la nariz de los durmientes
  seres diminutos tiran de su carro,
  que es una cáscara vacía de avellana
  y está hecho por la ardilla carpintera o la oruga
  (de antiguo carroceras de las hadas).
  Patas de araña zanquilarga son los radios,
  alas de saltamontes la capota;

---

[15] El nombre tal vez sea una invención de Shakespeare, quien, en cualquier caso, lo asigna a la reina de las hadas. Blakemore Evans observa que,
en los últimos versos del parlamento, Shakespeare identifica a Mab con el ín-
cubo, espíritu que provoca pesadillas.

los tirantes, de la más fina telaraña;
la collera, de reflejos lunares sobre el agua;
la fusta, de hueso de grillo; la tralla, de hebra;
el cochero, un mosquito vestido de gris,
menos de la mitad que un gusanito
sacado del dedo holgazán de una muchacha.
Y con tal pompa recorre en la noche
cerebros de amantes, y les hace soñar el amor;
rodillas de cortesanos, y les hace soñar reverencias;
dedos de abogados, y les hace soñar honorarios;
labios de damas, y les hace soñar besos,
labios que suele ulcerar la colérica Mab,
pues su aliento está mancillado por los dulces.
A veces galopa sobre la nariz de un cortesano
y le hace soñar que huele alguna recompensa;
y a veces acude con un rabo de cerdo por diezmo
y cosquillea en la nariz al cura dormido,
que entonces sueña con otra parroquia.
A veces marcha sobre el cuello de un soldado
y le hace soñar con degüellos de extranjeros,
brechas, emboscadas, espadas españolas,
tragos de a litro; y entonces le tamborilea
en el oído, lo que le asusta y despierta;
y él sobresaltado, entona oraciones
y vuelve a dormirse. Esta es la misma Mab
que de noche les trenza la crin a los caballos,
y a las desgreñadas les emplasta mechones de pecho,
que, desenredados, traen desgracias.
Es la bruja que, cuando las mozas yacen boca arriba,
las oprime y les enseña a concebir
y a ser mujeres de peso.
Es la que...

ROMEO
  ¡Calla, Mercucio, calla!
No hablas de nada.

MERCUCIO
  Es verdad: hablo de sueños,
que son hijos de un cerebro ocioso
y nacen de la vana fantasía,

tan pobre de sustancia como el aire
y más variable que el viento, que tan pronto
galantea al pecho helado del norte
como, lleno de ira, se aleja resoplando
y se vuelve hacia el sur, que gotea de rocío.

BENVOLIO
El viento de que hablas nos desvía.
La cena terminó y llegaremos tarde.

ROMEO
Muy temprano, temo yo, pues presiento
que algún accidente aún oculto en las estrellas
iniciará su curso aciago
con la fiesta de esta noche y pondrá fin
a esta vida que guardo en mi pecho
con el ultraje de una muerte adelantada.
Mas que Aquel que gobierna mi rumbo
guíe mi nave. ¡Vamos, alegres señores!

BENVOLIO
¡Que suene el tambor!

Desfilan por el escenario [*y salen*].

I.v   *Entran* CRIADOS *con servilletas.*

CRIADO 1.º
¿Dónde está Perola, que no ayuda a quitar la mesa?
¿Cuándo coge un plato? ¿Cuándo friega un plato?

CRIADO 2.º
Si la finura sólo está en las manos de uno, y encima no se
las lava, vamos listos.

CRIADO 1.º
Llevaos las banquetas, quitad el aparador, cuidado con la
plata. Oye, tú, sé bueno y guárdame un poco de mazapán; y
hazme un favor: dile al portero que deje entrar a Susi Mue-
las y a Lena [16].

[*Sale el* CRIADO 2.º]

---

[16]   Los criados van a tener su fiesta aparte.

¡Antonio! ¡Perola!

[*Entran otros dos* CRIADOS.]

CRIADO 3.º
Aquí estamos, joven.
CRIADO 1.º
Te buscan y rebuscan, te llaman y reclaman allá, en el salón.
CRIADO 4.º
No se puede estar aquí y allí. ¡Ánimo, muchachos!
Venga alegría, que quien resiste, gana el premio.

Salen.
Entran [CAPULETO, *la* SEÑORA CAPULETO, JU-
LIETA, TEBALDO, *el* AMA], *todos los convidados y
las máscaras* [ROMEO, BENVOLIO *y* MERCUCIO].

CAPULETO
¡Bienvenidos, señores! Las damas sin callos
querrán echar un baile con vosotros.—
¡Vamos, señoras! ¿Quién de vosotras
se niega a bailar? La que haga remilgos
juraré que tiene callos. ¿A que he acertado?—
¡Bienvenidos, señores! Hubo un tiempo
en que yo me ponía el antifaz
y musitaba palabras deleitosas
al oído de una bella. Pero pasó, pasó.
Bienvenidos, señores.—¡Músicos, a tocar!
¡Haced sitio, despejad! ¡Muchachas, a bailar!

Suena la música y bailan.

¡Más luz, bribones! Desmontad las mesas;
y apagad la lumbre, que da mucho calor [17].

---

[17]   O Shakespeare traslada al caluroso verano de Italia (véase nota 12,
pág. 53) este detalle de algún fresco verano inglés, o simplemente está pensando en la versión de Brooke, en que la fiesta de los Capuletos se celebra
hacia la Navidad.

Oye, ¡qué suerte la visita inesperada! [18].
Vamos, siéntate, pariente Capuleto,
que nuestra época de bailes ya pasó.
¿Cuánto tiempo hace
que estuvimos en una mascarada?

PARIENTE DE CAPULETO

¡Virgen Santa! Treinta años.

CAPULETO

¡Qué va! No tanto, no tanto.
Fue cuando la boda de Lucencio:
en Pentecostés hará unos veinticinco años.
Esa fue la última vez.

PARIENTE DE CAPULETO

Hace más, hace más: su hijo es mayor;
tiene treinta años.

CAPULETO

¿Me lo vas a decir tú? Hace dos años
era aún menor de edad.

ROMEO [a un CRIADO]

¿Quién es la dama cuya mano
enaltece a ese caballero?

CRIADO

No lo sé, señor.

ROMEO

¡Ah, cómo enseña a brillar a las antorchas!
En el rostro de la noche es cual la joya
que en la oreja de una etíope destella...
No se hizo para el mundo tal belleza.
Esa dama se distingue de las otras
como de los cuervos la blanca paloma.
Buscaré su sitio cuando hayan bailado
y seré feliz si le toco la mano.
¿Supe qué es amor? Ojos, desmentidlo,
pues nunca hasta ahora la belleza he visto.

TEBALDO

Por su voz, este es un Montesco.—

---

[18]   Seguramente Capuleto se dirige a sí mismo en este verso.

Muchacho, tráeme el estoque.—¿Cómo se atreve
a venir aquí el infame con esa careta,
burlándose de fiesta tan solemne?
Por mi cuna y la honra de mi estirpe,
que matarle no puede ser un crimen.

CAPULETO

¿Qué pasa, sobrino? ¿Por qué te sulfuras?

TEBALDO

Tío, ese es un Montesco, nuestro enemigo:
un canalla que viene ex profeso
a burlarse de la celebración.

CAPULETO

¿No es el joven Romeo?

TEBALDO

El mismo: el canalla de Romeo.

CAPULETO

Cálmate, sobrino; déjale en paz:
se porta como un digno caballero
y, a decir verdad, Verona habla con orgullo
de su nobleza y cortesía.
Ni por todo el oro de nuestra ciudad
le haría ningún desaire aquí, en mi casa.
Así que calma, y no le hagas caso.
Es mi voluntad, y si la respetas,
muéstrate amable y deja ese ceño,
pues casa muy mal con una fiesta.

TEBALDO

Casa bien si el convidado es un infame.
¡No pienso tolerarlo!

CAPULETO

Vas a tolerarlo. Óyeme, joven don nadie:
vas a tolerarlo, ¡pues sí!
¿Quién manda aquí, tú o yo? ¡Pues sí!
¿Tú no tolerarlo? Dios me bendiga,
¿tú armar alboroto aquí, en mi fiesta?
¿Tú andar desbocado? ¿Tú hacerte el héroe?

TEBALDO

Pero, tío, ¡es una vergüenza!

CAPULETO

¡Conque sí! ¡Serás descarado!
¡Conque una vergüenza! Este juego tuyo
te puede costar caro, te lo digo yo.
¡Tú contrariarme! Ya está bien.—
¡Magnífico, amigos!—¡Insolente!
Vete, cállate o...—¡Más luz, más luz!—
Te juro que te haré callar.—¡Alegría, amigos!

TEBALDO

Calmarme a la fuerza y estar indignado
me ha descompuesto, al ser tan contrarios.
Ahora me retiro, mas esta intrusión,
ahora tan grata, causará dolor.

Sale.

ROMEO

Si con mi mano indigna he profanado
tu santa efigie, sólo peco en eso;
mi boca, peregrino avergonzado,
suavizará el contacto con un beso.

JULIETA

Buen peregrino, no reproches tanto
a tu mano un fervor tan verdadero:
si juntan manos peregrinos y santo,
palma con palma es beso de palmero.

ROMEO

¿Ni santos ni palmeros tienen boca?

JULIETA

Sí, peregrino: para la oración.

ROMEO

Entonces, santa, mi oración te invoca:
suplico un beso por mi salvación.

JULIETA

Los santos están quietos cuando acceden.

ROMEO

Pues, quieta, y tomaré lo que conceden [19].

---

[19]   Shakespeare escribe esta primera parte del diálogo en el molde de un
soneto isabelino (véase nota 1, pág. 37), al que sigue un cuarteto. El poético

[*La besa.*]

Mi pecado en tu boca se ha purgado.

JULIETA

Pecado que en mi boca quedaría.

ROMEO

Repruebas con dulzura. ¿Mi pecado?
¡Devuélvemelo!

JULIETA

                        Besas con maestría.

AMA

Julieta, tu madre quiere hablarte.

ROMEO

¿Quién es su madre?

AMA

Pero, ¡joven!
Su madre es la señora de la casa,
y es muy buena, prudente y virtuosa.
Yo crié a su hija, con la que ahora hablabais.
Os digo que quien la gane,
conocerá el beneficio.

ROMEO

¿Es una Capuleto? ¡Triste cuenta!
Con mi enemigo quedo en deuda.

BENVOLIO

Vámonos, que lo bueno poco dura.

ROMEO

Sí, es lo que me temo, y me preocupa.

CAPULETO

Pero, señores, no queráis iros ya.
Nos espera un humilde postrecito.

        Le hablan al oído.

---

encuentro de los protagonistas se expresa en términos claramente religiosos,
según los cuales Romeo (en italiano, «romero») es el palmero o peregrino
que toca y se dispone a besar la estatua del santo (santa en este caso). Sin embargo, las últimas palabras de Julieta dan un tono más mundano a este encuentro, pues, según ella, Romeo besa como un maestro de galantería.

¿Ah, sí? Entonces, gracias a todos.
Gracias, buenos caballeros, buenas noches.—
¡Más antorchas aquí, vamos! Después, a acostarse.—
Oye, ¡qué tarde se está haciendo! [20].
Me voy a descansar.

Salen todos [*menos* JULIETA *y el* AMA].

JULIETA
Ven aquí, ama. ¿Quién es ese caballero?
AMA
El hijo mayor del viejo Tiberio.
JULIETA
¿Y quién es el que está saliendo ahora?
AMA
Pues creo que es el joven Petrucio.
JULIETA
¿Y el que le sigue, el que no bailaba?
AMA
No sé.
JULIETA
Pregunta quién es.—Si ya tiene esposa,
la tumba sería mi lecho de bodas.
AMA
Se llama Romeo y es un Montesco:
el único hijo de tu gran enemigo.
JULIETA
¡Mi amor ha nacido de mi único odio!
Muy pronto le he visto y tarde le conozco.
Fatal nacimiento de amor habrá sido
si tengo que amar al peor enemigo.
AMA
¿Qué dices? ¿Qué dices?
JULIETA
Unos versos que he aprendido
de uno con quien bailé.

---

[20]   Como antes (véase nota 18, pág. 62), parece que aquí Capuleto habla
consigo mismo.

Llaman a JULIETA *desde dentro.*

AMA
>   ¡Ya va! ¡Ya va!—
> Vamos, los convidados ya no están.

>   *Salen.*

II.   PRÓLOGO [*Entra*] *el* CORO[21].

CORO
> Ahora yace muerto el viejo amor
> y el joven heredero ya aparece.
> La bella que causaba tal dolor
> al lado de Julieta desmerece.
> Romeo ya es amado y es amante:
> los ha unido un hechizo en la mirada.
> Él es de su enemiga suplicante
> y ella roba a ese anzuelo la carnada.
> Él no puede jurarle su pasión,
> pues en la otra casa es rechazado,
> y su amada no tiene la ocasión
> de verse en un lugar con su adorado.
> Mas el amor encuentros les procura,
> templando ese rigor con la dulzura.

>   [*Sale.*]

II.i   *Entra* ROMEO *solo.*

ROMEO
> ¿Cómo sigo adelante, si mi amor está aquí?
> Vuelve, triste barro, y busca tu centro.

---

[21]   En su edición, Blakemore Evans presenta el soneto del coro como conclusión del primer acto, cuando suele considerarse como prólogo del segundo. Como ya observó Samuel Johnson en el siglo XVIII, el prólogo se limita a contar lo que ya sabemos y adelanta vagamente lo que se verá a continuación, sin aportar nada al avance de la acción.

[*Se esconde.*]
Entran BENVOLIO y MERCUCIO.

BENVOLIO
    ¡Romeo! ¡Primo Romeo! ¡Romeo!
MERCUCIO
    Este es muy listo, y seguro que se ha ido a dormir.
BENVOLIO
    Vino corriendo por aquí y saltó
    la tapia de este huerto. Llámale, Mercucio.
MERCUCIO
    Haré una invocación.
    ¡Antojos! ¡Locuelo! ¡Delirios! ¡Prendado!
    Aparece en forma de suspiro.
    Di un verso y me quedo satisfecho.
    Exclama «¡Ay de mí!», rima «amor» con «flor»,
    di una bella palabra a la comadre Venus
    y ponle un mote al ciego de su hijo,
    Cupido el golfillo [22], cuyo dardo certero
    hizo al rey Cofetua amar a la mendiga.
    Ni oye, ni bulle, ni se mueve:
    el mono se ha muerto; haré un conjuro [23].
    Conjúrote por los ojos claros de tu Rosalina,
    por su alta frente y su labio carmesí,
    su lindo pie, firme pierna, trémulo muslo
    y todas las comarcas adyacentes,
    que ante nosotros aparezcas en persona.
BENVOLIO
    Como te oiga, se enfadará.
MERCUCIO
    Imposible. Se enfadaría si yo
    hiciese penetrar un espíritu extraño

---

[22]   En el original «Young *Abraham Cupid*», epíteto de Shakespeare basa-
do en la expresión «Abraham man» (mendigo que engañaba a la gente fin-
giéndose loco). La referencia al rey Cofetua y la mendiga procede de una balada
del mismo nombre.
[23]   Para «revivir» a Romeo, identificado aquí con un mono amaestrado
que se finge muerto.

en el cerco de su amada, dejándolo erecto
hasta que se escurriese y esfumase.
Eso sí le irritaría. Mi invocación
es noble y decente: en nombre de su amada
yo sólo le conjuro que aparezca.
BENVOLIO
Ven, que se ha escondido entre estos árboles,
en alianza con la noche melancólica.
Ciego es su amor, y lo oscuro, su lugar.
MERCUCIO
Si el amor es ciego, no puede lastimar.
Romeo está sentado al pie de una higuera
deseando que su amada fuese el fruto
que las mozas, entre risas, llaman higo.
¡Ah, Romeo, si ella fuese, ah, si fuese
un higo abierto y tú una pera!
Romeo, buenas noches. Me voy a mi camita,
que dormir al raso me da frío.
Ven, ¿nos vamos?
BENVOLIO
Sí, pues es inútil
buscar a quien no quiere ser hallado.

Salen.

ROMEO [*adelantándose*]
Se ríe de las heridas quien no las ha sufrido.
Pero, alto. ¿Qué luz alumbra esa ventana?
Es el oriente, y Julieta, el sol.
Sal, bello sol, y mata a la luna envidiosa,
que está enferma y pálida de pena
porque tú, que la sirves, eres más hermoso.
Si es tan envidiosa, no seas su sirviente.
Su ropa de vestal es de un verde apagado
que sólo llevan los bobos [24]. ¡Tírala!

---

[24]   Probable referencia al color o a uno de los colores del traje de un bufón.

[*Entra* JULIETA *arriba, en el balcón*[25].]

¡Ah, es mi dama, es mi amor!
¡Ojalá lo supiera!
Mueve los labios, mas no habla. No importa:
hablan sus ojos; voy a responderles.
¡Qué presuntuoso! No me habla a mí.
Dos de las estrellas más hermosas del cielo
tenían que ausentarse y han rogado a sus ojos
que brillen en su puesto hasta que vuelvan.
¿Y si ojos se cambiasen con estrellas?
El fulgor de su mejilla les haría avergonzarse,
como la luz del día a una lámpara; y sus ojos
lucirían en el cielo tan brillantes
que, al no haber noche, cantarían las aves.
¡Ved cómo apoya la mejilla en la mano!
¡Ah, quién fuera el guante de esa mano
por tocarle la mejilla!

JULIETA

    ¡Ay de mí!

ROMEO

    Ha hablado. ¡Ah, sigue hablando,
ángel radiante, pues, en tu altura,
a la noche le das tanto esplendor
como el alado mensajero de los cielos
ante los ojos en blanco y extasiados
de mortales que alzan la mirada
cuando cabalga sobre nube perezosa
y surca el seno de los aires!

JULIETA

    ¡Ah, Romeo, Romeo! ¿Por qué eres Romeo?
Niega a tu padre y rechaza tu nombre,

---

[25]   Como indica el texto y Hosley analiza con detalle, ese diálogo y el
de los protagonistas antes de su despedida (III.v) se desarrollaba haciendo
uso del balcón o «escenario superior» del teatro isabelino, situado en la pa-
red del fondo. En cuanto al punto en que debe situarse esta acotación, sigo
la propuesta de Hosley (aceptada en las ediciones de Blakemore Evans y
Wells y Taylor). Sobre las acotaciones escénicas en esta traducción, véase
Nota preliminar, págs. 31-33.

o, si no, júrame tu amor
y ya nunca seré una Capuleto.

ROMEO

¿La sigo escuchando o le hablo ya?

JULIETA

Mi único enemigo es tu nombre.
Tú eres tú, aunque seas un Montesco.
¿Qué es «Montesco»? Ni mano, ni pie,
ni brazo, ni cara, ni parte del cuerpo.
¡Ah, ponte otro nombre!
¿Qué tiene un nombre? Lo que llamamos rosa
sería tan fragante con cualquier otro nombre.
Si Romeo no se llamase Romeo,
conservaría su propia perfección
sin ese nombre. Romeo, quítate el nombre
y, a cambio de él, que es parte de ti,
¡tómame entera!

ROMEO

Te tomo la palabra.
Llámame «amor» y volveré a bautizarme:
desde hoy nunca más seré Romeo.

JULIETA

¿Quién eres tú, que te ocultas en la noche
e irrumpes en mis pensamientos?

ROMEO

Con un nombre no sé decirte quién soy.
Mi nombre, santa mía, me es odioso
porque es tu enemigo.
Si estuviera escrito, rompería el papel.

JULIETA

Mis oídos apenas han sorbido cien palabras
de tu boca y ya te conozco por la voz.
¿No eres Romeo, y además Montesco?

ROMEO

No, bella mía, si uno u otro te disgusta.

JULIETA

Dime, ¿cómo has llegado hasta aquí y por qué?
Las tapias de este huerto son muy altas

y, siendo quien eres, el lugar será tu muerte
si alguno de los míos te descubre.

ROMEO

Con las alas del amor salté la tapia,
pues para el amor no hay barrera de piedra,
y, como el amor lo que puede siempre intenta,
los tuyos nada pueden contra mí.

JULIETA

Si te ven, te matarán.

ROMEO

¡Ah! Más peligro hay en tus ojos
que en veinte espadas suyas. Mírame con dulzura
y quedo a salvo de su hostilidad.

JULIETA

Por nada del mundo quisiera que te viesen.

ROMEO

Me oculta el manto de la noche
y, si no me quieres, que me encuentren:
mejor que mi vida acabe por su odio
que ver cómo se arrastra sin tu amor.

JULIETA

¿Quién te dijo dónde podías encontrarme?

ROMEO

El amor, que me indujo a preguntar.
Él me dio consejo; yo mis ojos le presté.
No soy piloto, pero, aunque tú estuvieras lejos,
en la orilla más distante de los mares más remotos,
zarparía tras un tesoro como tú.

JULIETA

La noche me oculta con su velo;
si no, el rubor teñiría mis mejillas
por lo que antes me has oído decir.
¡Cuánto me gustaría seguir las reglas,
negar lo dicho! Pero, ¡adiós al fingimiento!
¿Me quieres? Sé que dirás que sí
y te creeré. Si jurases, podrías
ser perjuro: dicen que Júpiter se ríe
de los perjurios de amantes. ¡Ah, gentil Romeo!
Si me quieres, dímelo de buena fe.

O, si crees que soy tan fácil,
me pondré áspera y rara, y diré «no»
con tal que me enamores, y no más que por ti.
Mas confía en mí: demostraré ser más fiel
que las que saben fingirse distantes.
Reconozco que habría sido más cauta
si tú, a escondidas, no hubieras oído
mi confesión de amor. Así que, perdóname
y no juzgues liviandad esta entrega
que las sombras de la noche han descubierto.

ROMEO

Juro por esa luna santa
que platea las copas de estos árboles...

JULIETA

¡Ah, no jures por la luna, esa inconstante
que cada mes cambia en su esfera,
no sea que tu amor resulte tan variable.

ROMEO

¿Por quién voy a jurar?

JULIETA

No jures; o, si lo haces,
jura por tu ser adorable,
que es el dios de mi idolatría,
y te creeré.

ROMEO

Si el amor de mi pecho...

JULIETA

No jures. Aunque seas mi alegría,
no me alegra nuestro acuerdo de esta noche:
demasiado brusco, imprudente, repentino,
igual que el relámpago, que cesa
antes de poder nombrarlo. Amor, buenas noches.
Con el aliento del verano, este brote amoroso
puede dar bella flor cuando volvamos a vernos.
Adiós, buenas noches. Que el dulce descanso
se aloje en tu pecho igual que en mi ánimo.

ROMEO

¿Y me dejas tan insatisfecho?

JULIETA

   ¿Qué satisfacción esperas esta noche?

ROMEO

   La de jurarnos nuestro amor.

JULIETA

   El mío te lo di sin que lo pidieras;
   ojalá se pudiese dar otra vez.

ROMEO

   ¿Te lo llevarías? ¿Para qué, mi amor?

JULIETA

   Para ser generosa y dártelo otra vez.
   Y, sin embargo, quiero lo que tengo.
   Mi generosidad es inmensa como el mar,
   mi amor, tan hondo; cuanto más te doy,
   más tengo, pues los dos son infinitos.

   [*Llama el* AMA *dentro.*]

   Oigo voces dentro. Adiós, mi bien.—
   ¡Ya voy, ama!—Buen Montesco, sé fiel.
   Espera un momento, vuelvo en seguida.

   [*Sale.*]

ROMEO

   ¡Ah, santa, santa noche! Temo
   que, siendo de noche, todo sea un sueño,
   harto halagador y sin realidad.

   [*Entra* JULIETA *arriba.*]

JULIETA

   Unas palabras, Romeo, y ya buenas noches.
   Si tu ánimo amoroso es honrado
   y tu fin, el matrimonio, hazme saber mañana
   (yo te enviaré un mensajero)

dónde y cuándo será la ceremonia
y pondré a tus pies toda mi suerte
y te seguiré, mi señor, por todo el mundo.

AMA [*dentro*]

¡Julieta!

JULIETA

¡Ya voy! Mas, si no es buena tu intención,
te lo suplico...

AMA [*dentro*]

¡Julieta!

JULIETA

¡Voy ahora mismo!— ...abandona tu empeño
y déjame con mi pena. Mañana lo dirás.

ROMEO

¡Así se salve mi alma...!

JULIETA

¡Mil veces buenas noches!

Sale.

ROMEO

Mil veces peor, pues falta tu luz.
El amor corre al amor como el niño huye del libro,
y, cual niño que va a clase, se retira entristecido.

Vuelve a entrar JULIETA [*arriba*].

JULIETA

¡Chss, Romeo, chss! ¡Ah, quién fuera cetrero
por llamar a este halcón peregrino!
Mas el cautivo habla bajo, no puede gritar;
si no, yo haría estallar la cueva de Eco
y dejaría su voz más ronca que la mía
repitiendo el nombre de Romeo.

ROMEO

Mi alma me llama por mi nombre.
¡Qué dulces suenan las voces de amantes en la noche,
igual que la música suave al oído!

JULIETA
    ¡Romeo!
ROMEO
    ¿Mi neblí?
JULIETA
    Mañana, ¿a qué hora te mando el mensajero?
ROMEO
    A las nueve.
JULIETA
    Allá estará. ¡Aún faltan veinte años!
    No me acuerdo por qué te llamé.
ROMEO
    Deja que me quede hasta que te acuerdes.
JULIETA
    Lo olvidaré para tenerte ahí delante,
    recordando tu amada compañía.
ROMEO
    Y yo me quedaré para que siempre lo olvides,
    olvidándome de cualquier otro hogar.
JULIETA
    Es casi de día. Dejaría que te fueses,
    pero no más allá que el pajarillo
    que, cual preso sujeto con cadenas,
    la niña mimada deja saltar de su mano
    para recobrarlo con hilo de seda,
    amante celosa de su libertad.
ROMEO
    ¡Ojalá fuera yo el pajarillo!
JULIETA
    Ojalá lo fueras, mi amor,
    pero te mataría de cariño.
    ¡Ah, buenas noches! Partir es tan dulce pena
    que diré «buenas noches» hasta que amanezca.

                    [*Sale.*]

ROMEO
    ¡Quede el sueño en tus ojos, la paz en tu ánimo!
    ¡Quién fuera sueño y paz, para tal descanso!

A mi buen confesor en su celda he de verle
por pedirle su ayuda y contarle mi suerte.

Sale.

II.ii   *Entra* FRAY LORENZO *solo, con una cesta.*

FRAY LORENZO
Sonríe a la noche la clara mañana
rayando las nubes con luces rosáceas.
Las sombras se alejan como el que va ebrio,
cediendo al día y al carro de Helio[26].
Antes que el sol abra su ojo de llamas,
que alegra el día y ablanda la escarcha,
tengo que llenar esta cesta de mimbre
de hierbas dañosas y flores que auxilien.
La tierra es madre y tumba de natura,
pues siempre da vida en donde sepulta:
nacen de su vientre muy diversos hijos
que toman sustento del seno nutricio.
Por muchas virtudes muchos sobresalen;
ninguno sin una y todos dispares.
Grande es el poder curativo que guardan
las hierbas y piedras y todas las plantas.
Pues no hay nada tan vil en la tierra
que algún beneficio nunca le devuelva,
ni nada tan bueno que, al verse forzado,
no vicie su ser y se aplique al daño.
La virtud es vicio cuando sufre abuso
y a veces el vicio puede dar buen fruto.

Entra ROMEO.

Bajo la envoltura de esta tierna flor
convive el veneno con la curación,

---

[26]   En el original *«Titan»,* es decir, el titán Helio, dios del sol.

porque, si la olemos, al cuerpo da alivio,
mas, si la probamos, suspende el sentido.
En el hombre acampan, igual que en las hierbas,
virtud y pasión, dos reyes en guerra;
y, siempre que el malo sea el que aventaja,
muy pronto el gusano devora esa planta.

ROMEO

Buenos días, padre.

FRAY LORENZO

¡Benedicite!
¿Qué voz tan suave saluda tan pronto?
Hijo, despedirse del lecho a estas horas
dice que a tu mente algo la trastorna.
La preocupación desvela a los viejos
y donde se aloja, no reside el sueño;
mas donde la mocedad franca y exenta
extiende sus miembros, el sueño gobierna.
Si hoy madrugas, me inclino a pensar
que te ha levantado alguna ansiedad.
O, si no, y entonces seguro que acierto,
esta noche no se ha acostado Romeo.

ROMEO

Habéis acertado, pero fue una dicha.

FRAY LORENZO

¡Dios borre el pecado! ¿Viste a Rosalina?

ROMEO

¿Cómo Rosalina? No, buen padre, no.
Ya olvidé ese nombre y el pesar que dio.

FRAY LORENZO

Bien hecho, hijo mío. Mas, ¿dónde has estado?

ROMEO

Dejad que os lo diga sin gastar preámbulos.
He ido a la fiesta del que es mi enemigo,
donde alguien de pronto me ha dejado herido,
y yo he herido a alguien. Nuestra curación
está en vuestra mano y santa labor.
No me mueve el odio, padre, pues mi ruego
para mi enemigo también es benéfico.

FRAY LORENZO
    Habla claro, hijo: confesión de enigmas
    solamente trae absolución ambigua.
ROMEO
    Pues oíd: la amada que llena mi pecho
    es la bella hija del gran Capuleto.
    Le he dado mi alma, y ella a mí la suya;
    ya estamos unidos, salvo lo que una
    vuestro sacramento. Dónde, cómo y cuándo
    la vi, cortejé, y juramos amarnos,
    os lo diré de camino; lo que os pido
    es que accedáis a casarnos hoy mismo.
FRAY LORENZO
    ¡Por San Francisco bendito, cómo cambias!
    ¿Así a Rosalina, amor de tu alma,
    ya has abandonado? El joven amor
    sólo está en los ojos, no en el corazón.
    ¡Jesús y María! Por tu Rosalina
    bañó un océano tus mustias mejillas.
    ¡Cuánta agua salada has tirado en vano,
    sazonando amor, para no gustarlo!
    Aún no ha deshecho el sol tus suspiros,
    y aún tus lamentos suenan en mi oído.
    Aquí, en la mejilla, te queda la mancha
    de una antigua lágrima aún no enjugada.
    Si eras tú mismo, y tanto sufrías,
    tú y tus penas fueron para Rosalina.
    ¿Y ahora has cambiado? Pues di la sentencia:
    «Que engañe mujer si el hombre flaquea».
ROMEO
    Me reñíais por amar a Rosalina.
FRAY LORENZO
    Mas no por tu amor: por tu idolatría.
ROMEO
    Queríais que enterrase el amor.
FRAY LORENZO
                                        No quieras
    meterlo en la tumba y tener otro fuera.
ROMEO
    No me censuréis. La que amo ahora

con amor me paga y su favor me otorga.
La otra lo negaba.
FRAY LORENZO
                Te oía muy bien
declamar amores sin saber leer[27].
Mas ven, veleidoso, ven ahora conmigo;
para darte ayuda hay un buen motivo:
en vuestras familias servirá la unión
para que ese odio se cambie en amor.
ROMEO
Hay que darse prisa. Vámonos ya, venga.
FRAY LORENZO
Prudente y despacio. Quien corre, tropieza.

        Salen.

II.iii   *Entran* BENVOLIO *y* MERCUCIO.

MERCUCIO
¿Dónde demonios puede estar Romeo?
Anoche, ¿no volvió a casa?
BENVOLIO
No a la de su padre, según un criado.
MERCUCIO
Esa moza pálida y cruel, esa Rosalina,
le va a volver loco de tanto tormento.
BENVOLIO
Tebaldo, sobrino del viejo Capuleto,
ha enviado una carta a casa de su padre.
MERCUCIO
¡Un reto, seguro!
BENVOLIO
Romeo responderá.

---

[27]   Es decir, le hacías declaraciones de amor como si recitases poesías
aprendidas de oído por no saber leer y no entendieras lo que decías.

MERCUCIO
Quien sabe escribir puede responder una carta.

BENVOLIO
No, responderá al que la escribe: el retado retará.

MERCUCIO
¡Ah, pobre Romeo! Él, que ya está muerto, traspasado por los ojos negros de una moza blanca, el oído atravesado por canción de amor, el centro del corazón partido por la flecha del niño ciego. ¿Y él va a enfrentarse a Tebaldo?

BENVOLIO
Pues, ¿qué tiene Tebaldo?

MERCUCIO
Es el rey de los gatos [28], pero más. Es todo un artista del ceremonial: combate como quien canta las notas, respetando tiempo, distancia y medida; observando las pausas, una, dos y la tercera en el pecho; perforándote el botón de la camisa; un duelista, un duelista. Caballero de óptima escuela, de la causa primera y segunda [29]. ¡Ah, la fatal «passata», el «punto reverso», el «hai» [30]!

BENVOLIO
¿El qué?

MERCUCIO
¡Mala peste a estos afectados, a estos relamidos y a su nuevo acento! [31]. «¡Jesús, qué buena espada! ¡Qué hombre

---

[28] El personaje que en las versiones italianas anteriores se llama Tebaldo aparece como «Tybalt» en Shakespeare, que lo toma del texto inglés de Brooke. Pero «Tybalt» era el nombre del «Príncipe de los gatos» en una obra de Thomas Nashe, contemporáneo de Shakespeare, que aparece bajo la forma «Tybert» en la fábula de Reinardo el zorro.

[29] Referencias a las posibles causas de un duelo, tal como se especificaban y comentaban en diversas obras de la época. Shakespeare las parodia en *Como gustéis*, V.iv.

[30] Literalmente, «(ahí) tienes». Como los dos anteriores, término de esgrima en italiano.

[31] Más que a los italianos, Shakespeare se refiere aquí a los ingleses de su época que cambiaban de acento como resultado de sus viajes al extranjero. En *Como gustéis*, IV.i, Shakespeare hará una referencia más explícita: «Adiós, señor viajero. Hablad con acento y llevad ropa extranjera; denigrad las ventajas de vuestro país; maldecid vuestro origen y reñidle a Dios por el semblante que os ha dado, que, si no, jamás creeré que habéis ido en góndola».

más apuesto! ¡Qué excelente puta!». ¿No es triste, abuelo, tener que sufrir a estas moscas foráneas, estos novedosos, estos «excusadme», tan metidos en su nuevo ropaje que ya no se acuerdan de los viejos hábitos? ¡Ah, su cuerpo, su cuerpo!

Entra ROMEO.

BENVOLIO
Aquí está Romeo, aquí está Romeo.
MERCUCIO
Sin su Romea y como un arenque ahumado. ¡Ah, carne, carne, te has vuelto pescado! Ahora está para los versos en los que fluía Petrarca. Al lado de su amada, Laura fue una fregona (y eso que su amado sí sabía celebrarla); Dido, un guiñapo; Cleopatra, una gitana; Helena y Hero, pencos y pendones; Tisbe, con sus ojos claros, no tenía nada que hacer. *Signor* Romeo, *bon jour:* saludo francés a tu calzón francés. Anoche nos lo diste bien.
ROMEO
Buenos días a los dos. ¿Qué os di yo anoche?
MERCUCIO
El esquinazo. ¿Es que no entiendes?
ROMEO
Perdona, buen Mercucio. Mi asunto era importante, y en un caso así se puede plegar la cortesía.
MERCUCIO
Eso es como decir que en un caso como el tuyo se deben doblar las corvas.
ROMEO
¿Hacer una reverencia?
MERCUCIO
La has clavado en el blanco.
ROMEO
¡Qué exposición tan cortés!
MERCUCIO
Es que soy el culmen.
ROMEO
¿De la cortesía?

MERCUCIO

Exacto.

ROMEO

No, eres el colmo, y sin la cortesía.

MERCUCIO

¡Qué ingenio! Sígueme la broma hasta gastar el zapato, que, cuando suelen gastarse las suelas, te quedas desolado por el pie.

ROMEO

¡Ah, broma descalza, que ya no con-suela!

MERCUCIO

Sepáranos, Benvolio: me flaquea el sentido.

ROMEO

Mete espuelas, mete espuelas o te gano.

MERCUCIO

Si hacemos carrera de gansos, pierdo yo, que tú eres más ganso con un solo sentido que yo con mis cinco. ¿Estamos empatados en lo de «ganso»?

ROMEO

Empatados, no. En lo de «ganso» estamos engansados.

MERCUCIO

Te voy a morder la oreja por esa.

ROMEO

Ganso que grazna no muerde.

MERCUCIO

Tu ingenio es una manzana amarga, una salsa picante.

ROMEO

¿Y no da sabor a un buen ganso?

MERCUCIO

¡Vaya ingenio de cabritilla, que de una pulgada se estira a una vara!

ROMEO

Yo lo estiro para demostrar que a lo ancho y a lo largo eres un inmenso ganso.

MERCUCIO

¿A que más vale esto que gemir de amor? Ahora eres sociable, ahora eres Romeo, ahora eres quien eres, por arte y por naturaleza, pues ese amor babeante es como un tonto

que va de un lado a otro con la lengua fuera para meter su
bastón en un hoyo.

BENVOLIO
¡Para, para!

MERCUCIO
Tú quieres que pare mi asunto a contrapelo.

BENVOLIO
Si no, tu asunto se habría alargado.

MERCUCIO
Te equivocas: se habría acortado, porque ya había llegado
al fondo del asunto y no pensaba seguir con la cuestión.

ROMEO
¡Vaya aparato!

Entran el AMA *y su criado* [PEDRO].

¡Velero a la vista!

MERCUCIO
Dos, dos: camisa y camisón.

AMA
¡Pedro!

PEDRO
Voy.

AMA
Mi abanico, Pedro.

MERCUCIO
Para taparle la cara, Pedro: el abanico es más bonito.

AMA
Buenos días, señores.

MERCUCIO
Buenas tardes, hermosa señora.

AMA
¿Buenas tardes ya?

MERCUCIO
Sí, de verás, pues el obsceno reloj está clavado en la raya de
las doce.

AMA
¡Fuera! ¿Qué hombre sois?

ROMEO

Señora, uno creado por Dios para que se vicie solo.

AMA

Muy bien dicho, vaya que sí. «Para que se vicie solo», bien.—Señores, ¿puede decirme alguno dónde encontrar al joven Romeo?

ROMEO

Yo puedo, pero, cuando le halléis, el joven Romeo será menos joven de lo que era cuando le buscabais: yo soy el más joven con ese nombre a falta de otro peor.

AMA

Muy bien.

MERCUCIO

¡Ah! ¿Está bien ser el peor? ¡Qué agudeza! Muy lista, muy lista.

AMA

Si sois vos, señor, deseo hablaros *conferencialmente.*

BENVOLIO

Le *intimará* a cenar.

MERCUCIO

¡Alcahueta, alcahueta! ¡Eh-oh!

ROMEO

¿Has visto una liebre?

MERCUCIO

Una liebre, no: tal vez un conejo viejo y pellejo para un pastel de Cuaresma.

Anda alrededor de ellos cantando.

> Conejo viejo y pellejo,
> conejo pellejo y viejo
> es buena carne en Cuaresma.
> Pero conejo pasado
> ya no puede ser gozado
> si se acartona y reseca.

Romeo, ¿vienes a casa de tu padre? Comemos allí.

ROMEO

Ahora os sigo.

MERCUCIO
    Adiós, vieja señora. Adiós, señora, señora, señora.

    Salen MERCUCIO *y* BENVOLIO.

AMA
    Decidme, señor. ¿Quién es ese grosero tan lleno de golferías?
ROMEO
    Un caballero, ama, al que le encanta escucharse y que habla
    más en un minuto de lo que oye en un mes.
AMA
    Como diga algo contra mí, le doy en la cresta, por muy ro-
    busto que sea, él o veinte como él. Y, si yo no puedo, ya en-
    contraré quien lo haga. ¡Miserable! Yo no soy una de sus
    ninfas, una de sus golfas.

    Se vuelve a su criado PEDRO.

    ¡Y tú delante, permitiendo que un granuja me trate a su
    gusto!
PEDRO
    Yo no vi que nadie os tratara a su gusto. Si no, habría sa-
    cado el arma al instante. De verdad: soy tan rápido en sacar
    como el primero si veo una buena razón para luchar y tengo
    la ley de mi parte.
AMA
    Dios Santo, estoy tan disgustada que me tiembla todo el
    cuerpo. ¡Miserable! — Deseo hablaros, señor. Como os de-
    cía, mi señorita me manda buscaros. El mensaje me lo
    guardo. Primero, permitid que os diga que si, como suele
    decirse, pensáis tenderle un lazo, sería juego sucio. Pues
    ella es muy joven y, si la engañáis, sería una mala pasada
    con cualquier mujer, una acción muy turbia.
ROMEO
    Ama, encomiéndame a tu dama y señora. Declaro solemne-
    mente...
AMA
    ¡Dios os bendiga! Voy a decírselo. Señor, Señor, ¡no cabrá
    de gozo!

ROMEO

 ¿Qué vas a decirle, ama? No has entendido.

AMA

 Le diré, señor, que os declaráis, y que eso es proposición de
 caballero.

ROMEO

 Dile que vea la manera
 de acudir esta tarde a confesarse,
 y allí, en la celda de Fray Lorenzo,
 se confesará y casará. Toma, por la molestia.

AMA

 No, de veras, señor. Ni un centavo.

ROMEO

 Vamos, toma.

AMA

 ¿Esta tarde, señor? Pues allí estará.

ROMEO

 Ama, espera tras la tapia del convento.
 A esa hora estará contigo mi criado
 y te dará la escalera de cuerda
 que en la noche secreta ha de llevarme
 a la cumbre suprema de mi dicha.
 Adiós, guarda silencio y serás recompensada.
 Adiós, encomiéndame a tu dama.

AMA

 ¡Que el Dios del cielo os bendiga! Esperad, señor.

ROMEO

 ¿Qué quieres, mi buena ama?

AMA

 ¿Vuestro criado es discreto? Lo habréis oído:
 «Dos guardan secreto si uno lo ignora».

ROMEO

 Descuida: mi criado es más fiel que el acero.

AMA

 Pues mi señorita es la dama más dulce... ¡Señor, Señor!
 ¡Tan parlanchina de niña! Ah, hay un noble en la ciudad, un
 tal Paris, que le tiene echado el ojo, pero ella, Dios la bendiga, antes que verle a él prefiere ver un sapo, un sapo de
 verdad. Yo a veces la irrito diciéndole que Paris es el más

apuesto, pero, de veras, cuando se lo digo, se pone más
blanca que una sábana. ¿A que «romero» y «Romeo» empiezan con la misma letra?

ROMEO
Sí, ama, con una erre. ¿Qué pasa?

AMA
¡Ah, guasón! «Erre» es lo que hace el perro. Con erre empieza la... No, que empieza con otra letra. Ella ha hecho una
frase preciosa sobre vos y el romero; os daría gusto oírla.

ROMEO
Encomiéndame a tu dama.

AMA
Sí, mil veces.

Sale [ROMEO].

¡Pedro!

PEDRO
¡Voy!

AMA
Delante y deprisa.

Salen.

II.iv   *Entra* JULIETA.

JULIETA
El reloj daba las nueve cuando mandé al ama;
prometió volver en media hora.
Tal vez no lo encuentra; no, imposible.
Es que anda despacio. El amor debiera anunciarlo
el pensamiento, diez veces más rápido
que un rayo de sol disipando las sombras
de los lúgubres montes. Por eso llevan a Venus
veloces palomas y Cupido tiene alas.
El sol está ahora en la cumbre
más alta del día; de las nueve a las doce
van tres largas horas, y aún no ha vuelto.
Si tuviera sentimientos y sangre de joven,

sería más veloz que una pelota:
mis palabras la enviarían a mi amado,
y las suyas me la devolverían.
Pero estos viejos... Muchos se hacen el muerto;
torpes, lentos, pesados y más pálidos que el plomo.

Entra el AMA [*con* PEDRO].

¡Dios santo, es ella! Ama, mi vida, ¿qué hay?
¿Le has visto? Despide al criado.

AMA
Pedro, espera a la puerta.

[*Sale* PEDRO.]

JULIETA
Mi querida ama... Dios santo, ¿tan seria?
Si las noticias son malas, dilas alegre;
si son buenas, no estropees su música
viniéndome con tan mala cara.

AMA
Estoy muy cansada. Espera un momento.
¡Qué dolor de huesos! ¡Qué carreras!

JULIETA
Por tus noticias te daría mis huesos.
Venga, vamos, habla, buena ama, habla.

AMA
¡Jesús, qué prisa! ¿No puedes esperar?
¿No ves que estoy sin aliento?

JULIETA
¿Cómo puedes estar sin aliento, si lo tienes
para decirme que estás sin aliento?
Tu excusa para este retraso
es más larga que el propio mensaje.
¿Traes buenas o malas noticias? Contesta.
Di una cosa u otra, y ya vendrán los detalles.
Que sepa a qué atenerme: ¿Son buenas o malas?

AMA
Eres muy simple eligiendo, no sabes elegir hombre. ¿Romeo?
No, él no. Y eso que es más guapo que nadie, que tiene me-

jores piernas, y que las manos, los pies y el cuerpo, aunque
no merecen comentarse, no tienen comparación. Sin ser la
flor de la cortesía, es más dulce que un cordero. Anda ya,
mujer, sirve a Dios. ¿Has comido en casa?

JULIETA

¡No, no! Todo eso lo sabía.
¿Qué dice de matrimonio, eh?

AMA

¡Señor, qué dolor de cabeza! ¡Ay, mi cabeza!
Palpita como si fuera a saltar en veinte trozos.
Mi espalda al otro lado... ¡Ay, mi espalda!
¡Que Dios te perdone por mandarme por ahí
para matarme con tanta carrera!

JULIETA

Me da mucha pena verte así.
Querida, mi querida ama, ¿qué dice mi amor?

AMA

Tu amor dice, como caballero
honorable, cortés, afable y apuesto,
y sin duda virtuoso... ¿Dónde está tu madre?

JULIETA

¿Que dónde está mi madre? Pues, dentro.
¿Dónde iba a estar? ¡Qué contestación más rara!
«Tu amor dice, como caballero...
¿Dónde está tu madre?».

AMA

¡Virgen santa! ¡Serás impaciente! Repórtate.
¿Es esta la cura para mi dolor de huesos?
Desde ahora, haz tú misma los recados.

JULIETA

¡Cuánto embrollo! Vamos, ¿qué dice Romeo?

AMA

¿Tienes permiso para ir hoy a confesarte?

JULIETA

Sí.

AMA

Pues corre a la celda de Fray Lorenzo:
te espera un marido para hacerte esposa.
Ya se te rebela la sangre en la cara:

por cualquier noticia se te pone roja.
Corre a la iglesia. Yo voy a otro sitio
por una escalera, con la que tu amado,
cuando sea de noche, subirá a tu nido.
Soy la esclava y me afano por tu dicha,
pero esta noche tú serás quien lleve la carga.
Yo me voy a comer. Tú vete a la celda.

JULIETA
¡Con mi buena suerte! Adiós, ama buena.

Salen.

II.v   *Entran* FRAY LORENZO y ROMEO.

FRAY LORENZO
Sonría el cielo ante el santo rito
y no nos castigue después con pesares.

ROMEO
Amén. Mas por grande que sea el sufrimiento,
no podrá superar la alegría que me invade
al verla un breve minuto.
Unid nuestras manos con las santas palabras
y que la muerte, devoradora del amor,
haga su voluntad: llamarla mía me basta.

FRAY LORENZO
El gozo violento tiene un fin violento
y muere en su éxtasis como fuego y pólvora,
que, al unirse, estallan. La más dulce miel
empalaga de pura delicia
y, al probarla, mata el apetito.
Modera tu amor y durará largo tiempo:
el muy rápido llega tarde como el lento.

Entra JULIETA *apresurada y abraza a* ROMEO.

Aquí está la dama. Ah, pies tan ligeros
no pueden desgastar la dura piedra.
Los enamorados pueden andar sin caerse

por los hilos de araña que flotan en el aire
travieso del verano; así de leve es la ilusión.

JULIETA

Buenas tardes tenga mi padre confesor.

FRAY LORENZO

Romeo te dará las gracias por los dos, hija.

JULIETA

Y un saludo a él, o las suyas estarían de más.

ROMEO

Ah, Julieta, si la cima de tu gozo
se eleva como la mía y tienes más arte
que yo para ensalzarlo, que tus palabras endulcen
el aire que nos envuelve, y la armonía de tu voz
revele la dicha íntima que ambos
sentimos en este encuentro.

JULIETA

El sentimiento, si no lo abruma el adorno,
se precia de su verdad, no del ornato.
Sólo los pobres cuentan su dinero,
mas mi amor se ha enriquecido de tal modo
que no puedo sumar la mitad de mi fortuna.

FRAY LORENZO

Vamos, venid conmigo y pronto acabaremos,
pues, con permiso, no vais a quedar solos
hasta que la Iglesia os una en matrimonio.

Salen.

III.i   *Entran* MERCUCIO, BENVOLIO *y sus criados.*

BENVOLIO

Te lo ruego, buen Mercucio, vámonos.
Hace calor [32], los Capuletos han salido
y, si los encontramos, tendremos pelea,
pues este calor inflama la sangre.

---

[32]   La escena se desarrolla a las primeras horas de la tarde. Recuérdese
que la acción transcurre a mediados de julio.

MERCUCIO

Tú eres uno de esos que, cuando entran en la taberna, golpean la mesa con la espada diciendo «Quiera Dios que no te necesite» y, bajo el efecto del segundo vaso, desenvainan contra el tabernero, cuando no hay necesidad.

BENVOLIO

¿Yo soy así?

MERCUCIO

Vamos, vamos. Cuando te da el ramalazo, eres tan vehemente como el que más en Italia: te incitan a ofenderte y te ofendes porque te incitan,

BENVOLIO

¿Ah, sí?

MERCUCIO

Si hubiera dos *así,* muy pronto no habría ninguno, pues se matarían. ¿Tú? ¡Pero si tú te peleas con uno porque su barba tiene un pelo más o menos que la tuya! Te peleas con quien parte avellanas porque tienes ojos de avellana. ¿Qué otro ojo sino el tuyo vería en ello motivo? En tu cabeza hay más broncas que sustancia en un huevo, sólo que, con tanta bronca, a tu cabeza le han zurrado más que a un huevo huero. Te peleaste con uno que tosió en la calle porque despertó a tu perro, que estaba durmiendo al sol. ¿No la armaste con un sastre porque estrenó jubón antes de Pascua? ¿Y con otro porque les puso cordoneras viejas a los zapatos nuevos? ¿Y ahora tú me sermoneas sobre las bromas? [33].

BENVOLIO

Si yo fuese tan peleón como tú, podría vender mi renta vitalicia por simplemente una hora y cuarto.

MERCUCIO

¿Simplemente? ¡Ah, simple!

Entran TEBALDO *y otros.*

---

[33]   Todo este reproche a Benvolio es realmente un autorretrato de Mercucio. Shakespeare hará lo mismo en *Otelo,* II.i, cuando Yago le describe a Rodrigo el carácter de Casio.

BENVOLIO
Por mi cabeza, ahí vienen los Capuletos.

MERCUCIO
Por mis pies, que me da igual.

TEBALDO
Queda a mi lado, que voy a hablarles.—
Buenas tardes, señores. Sólo dos palabras.

MERCUCIO
¿Una para cada uno? Ponedle pareja: que sea palabra y golpe.

TEBALDO
Señor, si me dais motivo, no voy a quedarme quieto.

MERCUCIO
¿No podríais tomar motivo sin que se os dé?

TEBALDO
Mercucio, sois del grupo de Romeo.

MERCUCIO
¿Grupo? ¿Es que nos tomáis por músicos? Pues si somos
músicos, vais a oír discordancias. Aquí está el arco de vio-
lín que os va a hacer bailar. ¡Voto a...! ¡Grupo!

BENVOLIO
Estamos hablando en la vía pública.
Dirigíos a un lugar privado,
tratad con más calma vuestras diferencias
o, si no, marchaos. Aquí nos ven muchos ojos.

MERCUCIO
Los ojos se hicieron para ver: que vean.
No pienso moverme por gusto de nadie.

Entra ROMEO.

TEBALDO
Quedad en paz, señor. Aquí está mi hombre.

MERCUCIO
Que me cuelguen si sirve en vuestra casa.
Os servirá en el campo del honor:
en eso vuestra merced sí puede llamarle hombre.

TEBALDO
Romeo, es tanto lo que te estimo
que puedo decirte esto: eres un ruin.

ROMEO
Tebaldo, razones para estimarte tengo yo
y excusan el furor que corresponde
a tu saludo. No soy ningún ruin,
así que adiós. Veo que no me conoces.

TEBALDO
Niño, eso no excusa las ofensas
que me has hecho, conque vuelve y desenvaina.

ROMEO
Te aseguro que no te he ofendido
y que te aprecio más de lo que puedas
figurarte mientras no sepas por qué.
Así que, buen Capuleto, cuyo nombre
estimo en tanto como el mío, queda en paz.

MERCUCIO
¡Qué rendición tan vil y deshonrosa!
Y el Stocatta sale airoso.

[*Desenvaina.*]

Tebaldo, cazarratas, ¿luchamos?

TEBALDO
¿Tú qué quieres de mí?

MERCUCIO
Gran rey de los gatos[34], tan sólo perderle el respeto a una de
tus siete vidas y, según como me trates desde ahora, zurrar a
las otras seis. ¿Quieres sacar ya de cuajo tu espada? Deprisa,
o la mía te hará echar el cuajo.

TEBALDO [*desenvaina*]
Dispuesto.

ROMEO
Noble Mercucio, envaina esa espada.

MERCUCIO
Venga, a ver tu «passata».

[*Luchan*]

---

[34]   Véase al respecto nota 28, pág. 81.

ROMEO

Benvolio, desenvaina y abate esas espadas.—
¡Señores, por Dios, evitad este oprobio!
Tebaldo, Mercucio, el Príncipe ha prohibido
expresamente pelear en las calles de Verona.
¡Basta, Tebaldo, Mercucio!

> TEBALDO *hiere a* MERCUCIO *bajo el brazo de*
> ROMEO *y huye* [*con los suyos*].

MERCUCIO

Estoy herido. ¡Malditas vuestras familias!
Se acabó. ¿Se fue sin llevarse nada?

BENVOLIO

¿Estás herido?

MERCUCIO

Sí, sí: es un arañazo, un arañazo. Eso basta.
¿Y mi paje? — Vamos, tú, corre por un médico.

> [*Sale el paje.*]

ROMEO

Ánimo, hombre. La herida no será nada.

MERCUCIO

No, no es tan honda como un pozo, ni tan ancha como un
pórtico, pero es buena, servirá. Pregunta por mí mañana y
me verás mortuorio. Te juro que en este mundo ya no soy
más que un fiambre. ¡Malditas vuestras familias! ¡Voto a...!
¡Que un perro, una rata, un ratón, un gato me arañe de
muerte! ¡Un bravucón, un granuja, un canalla, que lucha según reglas matemáticas! ¿Por qué demonios te metiste en
medio? Me hirió bajo tu brazo.

ROMEO

Fue con la mejor intención.

MERCUCIO

Llévame a alguna casa, Benvolio,
o me desmayo. ¡Malditas vuestras familias!
Me han convertido en pasto de gusanos.
Estoy herido, y bien. ¡Malditas!

Sale [*con* BENVOLIO].

ROMEO
    Este caballero, pariente del Príncipe,
    amigo entrañable, está herido de muerte
    por mi causa; y mi honra, mancillada
    con la ofensa de Tebaldo. Él, que era
    primo mío desde hace poco. ¡Querida Julieta,
    tu belleza me ha vuelto pusilánime
    y ha ablandado el temple de mi acero!

Entra BENVOLIO.

BENVOLIO
    ¡Romeo, Romeo, Mercucio ha muerto!
    Su alma gallarda que, siendo tan joven,
    desdeñaba la tierra, ha subido al cielo.
ROMEO
    Un día tan triste augura otros males:
    empieza un dolor que ha de prolongarse.

Entra TEBALDO.

BENVOLIO
    Aquí retorna el furioso Tebaldo.
ROMEO
    Vivo, victorioso, y Mercucio, asesinado.
    ¡Vuélvete al cielo, benigna dulzura,
    y sea mi guía la cólera ardiente!
    Tebaldo, te devuelvo lo de «ruin»
    con que me ofendiste, pues el alma de Mercucio
    está sobre nuestras cabezas esperando
    a que la tuya sea su compañera.
    Tú, yo, o los dos le seguiremos.
TEBALDO
    Desgraciado, tú, que andabas con él,
    serás quien le siga.
ROMEO
    Esto lo decidirá.

Luchan. Cae TEBALDO.

BENVOLIO
   ¡Romeo, huye, corre! La gente
   está alertada y Tebaldo ha muerto.
   ¡No te quedes pasmado! Si te apresan, el Príncipe
   te condenará a muerte. ¡Vete, huye!
ROMEO
   ¡Ah, soy juguete del destino!
BENVOLIO
   ¡Muévete!

Sale ROMEO. *Entran* CIUDADANOS.

CIUDADANO
   ¿Por dónde ha huido el que mató a Mercucio?
   Tebaldo, ese criminal, ¿por dónde ha huido?
BENVOLIO
   Ahí yace Tebaldo.
CIUDADANO
   Vamos, arriba, ven conmigo.
   En nombre del Príncipe, obedece.

Entran el PRÍNCIPE, MONTESCO, CAPULETO, *sus
   esposas y todos.*

PRÍNCIPE
   ¿Dónde están los viles causantes de la riña?
BENVOLIO
   Ah, noble Príncipe, yo puedo explicaros
   lo que provocó el triste altercado.
   Al hombre que ahí yace Romeo dio muerte;
   él mató a Mercucio, a vuestro pariente.
SEÑORA CAPULETO
   ¡Tebaldo, sobrino! ¡Hijo de mi hermano!
   ¡Príncipe, marido! Se ha derramado
   sangre de mi gente. Príncipe, sois recto:
   esta sangre exige sangre de un Montesco.
   ¡Ah, Tebaldo, sobrino!

PRÍNCIPE

Benvolio, ¿quién provocó este acto sangriento?

BENVOLIO

Tebaldo, aquí muerto a manos de Romeo.
Siempre con respeto, Romeo le hizo ver
lo infundado de la lucha y le recordó
vuestro disgusto; todo ello, expresado
cortésmente, con calma y doblando la rodilla,
no logró aplacar la ira indomable
de Tebaldo, quien, sordo a la amistad,
con su acero arremetió contra el pecho de Mercucio,
que, igual de furioso, respondió desenvainando
y, con marcial desdén, apartaba la fría muerte
con la izquierda, y con la otra devolvía
la estocada a Tebaldo, cuyo arte
la paraba. Romeo les gritó
«¡Alto, amigos, separaos!», y su ágil brazo,
más presto que su lengua, abatió sus armas
y entre ambos se interpuso. Por debajo
de su brazo, un golpe ruin de Tebaldo acabó
con la vida de Mercucio. Huyó Tebaldo,
mas pronto volvió por Romeo, que entonces
pensó en tomar venganza. Ambos se enzarzaron
como el rayo, pues antes de que yo
pudiera separarlos, Tebaldo fue muerto;
y antes que cayera, Romeo ya huía.
Que muera Benvolio si dice mentira.

SEÑORA CAPULETO

Este es un pariente del joven Montesco;
no dice verdad, miente por afecto.
De ellos lucharon unos veinte o más
y sólo una vida pudieron quitar.
Que hagáis justicia os debo pedir:
quien mató a Tebaldo, no debe vivir.

PRÍNCIPE

Le mató Romeo, él mató a Mercucio.
¿Quién paga su muerte, que llena de luto?

MONTESCO

No sea Romeo, pues era su amigo.

Matando a Tebaldo, él tan sólo hizo
lo que hace la ley.

PRÍNCIPE

              Pues por ese exceso
inmediatamente de aquí le destierro.
Vuestra gran discordia ahora me atañe:
con vuestras refriegas ya corre mi sangre.
Mas voy a imponeros sanción tan severa
que habrá de pesaros el mal de mi pérdida.
Haré oídos sordos a excusas y ruegos,
y no va a libraros ni el llanto ni el rezo,
así que evitadlos. Que Romeo huya,
pues, como le encuentren, su muerte es segura.
Llevad este cuerpo y cumplid mi sentencia:
si a quien mata absuelve, mata la clemencia.

      Salen.

III.ii   *Entra* JULIETA *sola.*

JULIETA

Galopad raudos, corceles fogosos,
a la morada de Febo; la fusta
de Faetonte os llevaría al poniente,
trayendo la noche tenebrosa[35].
Corre tu velo tupido, noche de amores;
apáguese la luz fugitiva y que Romeo,
en silencio y oculto, se arroje en mis brazos.
Para el rito amoroso basta a los amantes
la luz de su belleza; o, si ciego es el amor,
congenia con la noche. Ven, noche discreta,

---

[35] La morada nocturna de Febo Apolo, dios olímpico del sol, estaría al
poniente, detrás del horizonte. Como observa Spencer, la referencia no parece del todo acertada: según la versión de la leyenda narrada por Ovidio,
Faetonte fue autorizado a llevar un solo día el carro solar, y una vez se acercó
demasiado al cielo y otra pasó rozando la tierra. Su incapacidad no le hace,
pues, el personaje más apropiado para la presteza que desea Julieta.

matrona vestida de negro solemne,
y enséñame a perder el juego que gano,
en el que los dos arriesgamos la virginidad.
Con tu negro manto cubre la sangre inexperta
que arde en mi cara, hasta que el pudor
se torne audacia, y simple pudor un acto de amantes.
Ven, noche; ven, Romeo; ven, luz de mi noche,
pues yaces en las alas de la noche
más blanco que la nieve sobre el cuervo.
Ven, noche gentil, noche tierna y sombría,
dame a mi Romeo y, cuando yo muera,
córtalo en mil estrellas menudas:
lucirá tan hermoso el firmamento
que el mundo, enamorado de la noche,
dejará de adorar al sol hiriente.
Ah, compré la morada del amor
y aún no la habito; estoy vendida
y no me han gozado. El día se me hace eterno,
igual que la víspera de fiesta
para la niña que quiere estrenar
un vestido y no puede. Aquí viene el ama.

> *Entra el* AMA *retorciéndose las manos, con la
> escalera de cuerda en el regazo.*

Ah, me traes noticias, y todas las bocas
que hablan de Romeo rebosan divina elocuencia.
¿Qué hay de nuevo, ama? ¿Qué llevas ahí?
¿La escalera que Romeo te pidió que trajeses?

AMA
    Sí, sí, la escalera.

> [*La deja en el suelo.*]

JULIETA
    Pero, ¿qué pasa? ¿Por qué te retuerces las manos?

AMA
    ¡Ay de mí! Ha muerto, ha muerto!
    Estamos perdidas, Julieta, perdidas.
    ¡Ay de mí! ¡Nos ha dejado, está muerto!

JULIETA

   ¿Tan malvado es el cielo?

AMA

   El cielo, no: Romeo, ¡Ah, Romeo, Romeo!
   ¿Quién iba a pensarlo? ¡Romeo!

JULIETA

   ¿Qué demonio eres tú para así atormentarme?
   Es una tortura digna del infierno.
   ¿Se ha matado Romeo? Di que sí,
   y tu sílaba será más venenosa
   que la mirada mortal del basilisco.
   Yo no seré yo si dices que sí, o si están
   cerrados los ojos que te lo hacen decir.
   Si ha muerto di «sí»; si vive, di «no».
   Decirlo resuelve mi dicha o dolor.

AMA

   Vi la herida, la vi con mis propios ojos
   (¡Dios me perdone!) en su pecho gallardo.
   El pobre cadáver, triste y sangriento,
   demacrado y manchado de sangre,
   de sangre cuajada. Me desmayé al verlo.

JULIETA

   ¡Estalla, corazón, mi pobre arruinado!
   ¡Ojos, a prisión, no veáis la libertad!
   ¡Barro vil, retorna a la tierra, perece
   y únete a Romeo en lecho de muerte!

AMA

   ¡Ay, Tebaldo, Tebaldo! ¡Mi mejor amigo!
   ¡Tebaldo gentil, caballero honrado,
   vivir para verte muerto!

JULIETA

   ¿Puede haber tormenta más hostil?
   ¿Romeo sin vida y Tebaldo muerto?
   ¿Mi querido primo, mi amado señor?
   Anuncia, trompeta, el Día del Juicio,
   pues, si ellos han muerto, ¿quién queda ya vivo?

AMA

   Tebaldo está muerto y Romeo, desterrado.
   Romeo le mató y fue desterrado.

JULIETA

¡Dios mío! ¿Romeo derramó sangre de Tebaldo?

AMA

Sí, sí, válgame el cielo, sí.

JULIETA

¡Qué alma de serpiente en su cara florida!
¿Cuándo un dragón guardó tan bella cueva?
¡Hermoso tirano, angélico demonio!
¡Cuervo con plumas de paloma, cordero lobuno!
¡Ser despreciable de divina presencia!
Todo lo contrario de lo que parecías,
un santo maldito, un ruin honorable.
Ah, naturaleza, ¿qué no harías en el infierno
si alojaste un espíritu diabólico
en el cielo mortal de tan grato cuerpo?
¿Hubo libro con tan vil contenido
y tan bien encuadernado? ¡Ah, que el engaño
resida en palacio tan regio!

AMA

En los hombres no hay lealtad, fidelidad,
ni honradez. Todos son perjuros, embusteros,
perversos y falsos. ¿Dónde está mi criado?
Dame un aguardiente: las penas y angustias
me envejecen. ¡Caiga el deshonor sobre Romeo!

JULIETA

¡Que tu lengua se llague por ese deseo!
Él no nació para el deshonor. El deshonor
se avergüenza de posarse en su frente,
que es el trono en que el honor puede reinar
como único monarca de la tierra.
¡Ah, qué monstruo he sido al insultarle!

AMA

¿Vas a hablar bien del que mató a tu primo?

JULIETA

¿Quieres que hable mal del que es mi esposo?
¡Mi pobre señor! ¿Quién repara el daño
que ha hecho a tu nombre tu reciente esposa?
Mas, ¿por qué, infame, mataste a mi primo?
Porque el infame de mi primo te habría matado.

Atrás, necias lágrimas, volved a la fuente;
sed el tributo debido al dolor
y no, por error, una ofrenda a la dicha.
Mi esposo está vivo y Tebaldo iba a matarle;
Tebaldo ha muerto y habría matado a Romeo.
Si esto me consuela, ¿por qué estoy llorando?
Había otra palabra, peor que esa muerte,
que a mí me ha matado. Quisiera olvidarla,
mas, ay, la tengo grabada en la memoria
como el crimen en el alma del culpable.
«Tebaldo está muerto y Romeo, desterrado».
Ese «desterrado», esa palabra
ha matado a diez mil Tebaldos. Su muerte
ya sería un gran dolor si ahí terminase.
Mas si este dolor quiere compañía
y ha de medirse con otros pesares,
¿por qué, cuando dijo «Tebaldo ha muerto»,
no añadió «tu padre», «tu madre», o los dos?
Mi luto hubiera sido natural.
Pero a esa muerte añadir por sorpresa
«Romeo, desterrado», pronunciar tal palabra
es matar a todos, padre, madre, Tebaldo,
Romeo, Julieta, todos. «¡Romeo, desterrado!».
No hay fin, ni límite, linde o medida
para la muerte que da esa palabra, ni palabras
que la expresen. Ama, ¿dónde están mis padres?

AMA

Llorando y penando sobre el cuerpo de Tebaldo.
¿Vas con ellos? Yo te llevo.

JULIETA

Cesará su llanto y seguirán fluyendo
mis lágrimas por la ausencia de Romeo.
Como yo, las pobres cuerdas se engañaron;
recógelas: Romeo está desterrado.
Para subir a mi lecho erais la ruta,
mas yo, virgen, he de morir virgen viuda.
Venid, pues. Ven, ama. Voy al lecho nupcial,
llévese la muerte mi virginidad.

AMA

Tú corre a tu cuarto. Te traeré a Romeo
para que te consuele. Sé bien dónde está.
Óyeme, esta noche tendrás a Romeo:
se esconde en la celda de su confesor.

JULIETA

¡Ah, búscale! Dale este anillo a mi dueño
y dile que quiero su último adiós.

Salen.

III.iii *Entra* FRAY LORENZO.

FRAY LORENZO

Sal, Romeo, sal ya, temeroso.
La aflicción se ha prendado de ti
y tú te has casado con la desventura.

Entra ROMEO.

ROMEO

Padre, ¿qué noticias hay? ¿Qué decidió el Príncipe?
¿Qué nuevo infortunio me aguarda
que aún no conozca?

FRAY LORENZO

Hijo, harto bien conoces tales compañeros.
Te traigo la sentencia del Príncipe.

ROMEO

La sentencia, ¿dista mucho de la muerte?

FRAY LORENZO

La que ha pronunciado es más benigna:
no muerte del cuerpo, sino su destierro.

ROMEO

¿Cómo, destierro? Sed clemente, decid «muerte»,
que en la faz del destierro hay más terror,
mucho más que en la muerte. ¡No digáis «destierro»!

FRAY LORENZO

Estás desterrado de Verona.
Ten paciencia: el mundo es ancho.

ROMEO

No hay mundo tras los muros de Verona,
sino purgatorio, tormento, el mismo infierno:
destierro es para mí destierro del mundo,
y eso es muerte; luego «destierro» es un falso
nombre de la muerte. Llamarla «destierro»
es decapitarme con un hacha de oro
y sonreír ante el hachazo que me mata.

FRAY LORENZO

¡Ah, pecado mortal, cruel ingratitud!
La ley te condena a muerte, mas, en su clemencia,
el Príncipe se ha apartado de la norma,
cambiando en «destierro» la negra palabra «muerte».
Eso es gran clemencia, y tú no lo ves.

ROMEO

Es tormento y no clemencia. El cielo está
donde esté Julieta, y el gato, el perro,
el ratoncillo y el más mísero animal
aquí están en el cielo y pueden verla.
Romeo, no. Hay más valor, más distinción
y más cortesanía en las moscas
carroñeras que en Romeo: ellas pueden
posarse en la mano milagrosa de Julieta
y robar bendiciones de sus labios,
que por pudor virginal siempre están rojos
pensando que pecan al juntarse.
Romeo, no: le han desterrado.
Las moscas pueden, mas yo debo alejarme.
Ellas son libres; yo estoy desterrado.
¿Y decís que el destierro no es la muerte?
¿No tenéis veneno, ni navaja,
ni medio de morir rápido, por vil que sea?
¿Sólo ese «destierro» que me mata? ¿Destierro?
Ah, padre, los réprobos dicen la palabra
entre alaridos. Y, siendo sacerdote,
confesor que perdona los pecados
y dice ser mi amigo, ¿tenéis corazón
para destrozarme hablando de destierro?

FRAY LORENZO
    ¡Ah, pobre loco! Deja que te explique.
ROMEO
    Volveréis a hablarme de destierro.
FRAY LORENZO
    Te daré una armadura contra él,
    la filosofía, néctar de la adversidad,
    que te consolará en tu destierro.
ROMEO
    ¿Aún con el «destierro»? ¡Que cuelguen la filosofía!
    Si no puede crear una Julieta,
    mover una ciudad o revocar una sentencia,
    la filosofía es inútil, así que no habléis más.
FRAY LORENZO
    Ya veo que los locos están sordos.
ROMEO
    No puede ser menos si los sabios están ciegos.
FRAY LORENZO
    Deja que te hable de tu situación.
ROMEO
    No podéis hablar de lo que no sentís.
    Si fuerais de mi edad, y Julieta vuestro amor,
    recién casado, asesino de Tebaldo,
    enamorado y desterrado como yo,
    podríais hablar, mesaros los cabellos
    y tiraros al suelo como yo
    a tomar la medida de mi tumba.

Llama a la puerta el AMA.

FRAY LORENZO
    ¡Levántate, llaman! ¡Romeo, escóndete!
ROMEO
    No, a no ser que el aliento de mis míseros
    gemidos me oculte cual la niebla.

Llaman.

FRAY LORENZO
    ¡Oye cómo llaman!—¿Quién es?—¡Levántate,
    Romeo, que te llevarán!—¡Un momento!—¡Arriba!

Llaman.

¡Corre a mi estudio!—¡Ya voy!—Santo Dios,
¿qué estupidez es esta?— ¡Ya voy, ya voy!

Llaman.

¿Quién llama así? ¿De dónde venís? ¿Qué queréis?
AMA [*dentro*]
Dejadme pasar, que traigo un recado.
Vengo de parte de Julieta.
FRAY LORENZO
Entonces, bienvenida.

Entra el AMA.

AMA
Ah, padre venerable, decidme dónde está
el esposo de Julieta. ¿Dónde está Romeo?
FRAY LORENZO
Ahí, en el suelo, embriagado de lágrimas.
AMA
Ah, está en el mismo estado que Julieta,
el mismísimo. ¡Ah, concordia en el dolor!
¡Angustioso trance! Así yace ella,
llorando y gimiendo, gimiendo y llorando.
Levantaos, levantaos y sed hombre;
en pie, levantaos, por Julieta.
¿A qué vienen tantos ayes y gemidos?
ROMEO
¡Ama!

[*Se pone en pie.*]

AMA
¡Ah, señor! La muerte es el fin de todo.
ROMEO
¿Hablabas de Julieta? ¿Cómo está?
¿No me cree un frío asesino
que ha manchado la niñez de nuestra dicha

con una sangre que es casi la suya?
¿Dónde está? ¿Y cómo está? ¿Y qué dice
mi secreta esposa de este amor invalidado?

AMA

No dice nada, señor: llora y llora,
se arroja a la cama, se levanta,
exclama «¡Tebaldo!», reprueba a Romeo
y vuelve a caer.

ROMEO

Como si mi nombre, por disparo
certero de cañón, la hubiese matado,
como ya mató a su primo el infame
que lleva ese nombre. Ah, padre, decidme,
¿qué parte vil de esta anatomía
alberga mi nombre? Decídmelo, que voy
a saquear morada tan odiosa.

> *Se dispone a apuñalarse, y el* AMA *le arrebata el
> puñal.*

FRAY LORENZO

¡Detén esa mano imprudente!
¿Eres hombre? Tu aspecto lo proclama,
mas tu llanto es mujeril y tus locuras recuerdan
la furia de una bestia irracional.
Impropia mujer bajo forma de hombre,
impropio animal bajo forma de ambos.
Me asombras. Por mi santa orden,
te creía de temple equilibrado.
¿Mataste a Tebaldo y quieres matarte
y matar a tu esposa, cuya vida es la tuya,
causándote la eterna perdición?
¿Por qué vituperas tu cuna, el cielo y la tierra
si de un golpe podrías perder
cuna, cielo y tierra, en ti concertados?
Deshonras tu cuerpo, tu amor y tu juicio
y, como el usurero, abundas en todo
y no haces buen uso de nada
que adorne tu cuerpo, tu amor y tu juicio.

Tu noble figura es efigie de cera
y carece de hombría; el amor
que has jurado es pura falacia
y mata a la amada que dijiste adorar;
tu juicio, adorno de cuerpo y amor,
yerra en la conducta que les marcas
y, como pólvora en soldado bisoño,
se inflama por tu propia ignorancia
y te despedaza, cuando debe defenderte.
Vamos, ten valor. Tu Julieta vive
y por ella ibas a matarte:
ahí tienes suerte. Tebaldo te habría matado,
mas tú le mataste: ahí tienes suerte.
La ley que ordena la muerte se vuelve tu amiga
y decide el destierro: ahí tienes suerte.
Sobre ti desciende un sinfín de bendiciones,
te ronda la dicha con sus mejores galas,
y tú, igual que una moza tosca y desabrida,
pones mala cara a tu amor y tu suerte.
Cuidado, que esa gente muere desdichada.
Vete con tu amada, como está acordado.
Sube a su aposento y confórtala.
Pero antes que monten la guardia, márchate,
pues, si no, no podrás salir para Mantua,
donde vivirás hasta el momento propicio
para proclamar tu enlace, unir a vuestras familias,
pedir el indulto del Príncipe y regresar
con cien mil veces más alegría
que cuando partiste desolado.
Adelántate, ama, encomiéndame a Julieta
y que anime a la gente a acostarse temprano;
el dolor les habrá predispuesto.
Ahora va Romeo.

Ama

¡Dios bendito! Me quedaría toda la noche
oyéndoos hablar. ¡Lo que hace el saber!—
Señor, le diré a Julieta que venís.

Romeo

Díselo, y dile que se apreste a reprenderme.

El AMA *se dispone a salir, pero vuelve.*

AMA
   Tomad este anillo que me dio para vos.
   Vamos, deprisa, que se hace tarde.
ROMEO
   Esto reaviva mi dicha.

   Sale el AMA.

FRAY LORENZO
   Vete, buenas noches, y ten presente esto:
   o te vas antes que monten la guardia
   o sales disfrazado al amanecer.
   Permanece en Mantua. Buscaré a tu criado
   y de cuando en cuando él te informará
   de las buenas noticias de Verona.
   Dame la mano, es tarde. Adiós, buenas noches.
ROMEO
   Me espera una dicha mayor que la dicha,
   que, si no, alejarme de vos sentiría.
   Adiós.

   Salen.

III.iv   *Entran* CAPULETO, *la* SEÑORA CAPULETO *y* PARIS.

CAPULETO
   Todo ha sucedido tan adversamente
   que no ha habido tiempo de hablar con Julieta.
   Sabéis cuánto quería a su primo Tebaldo;
   yo también. En fin, nacimos para morir.
   Ahora es tarde, ella esta noche ya no bajará.
   Os aseguro que, si no fuese por vos,
   me habría acostado hace una hora.
PARIS
   Tiempo de dolor no es tiempo de amor.
   Señora, buenas noches. Encomendadme a Julieta.

SEÑORA CAPULETO
    Así lo haré, y por la mañana veré cómo responde.
    Esta noche se ha enclaustrado en su tristeza.

            PARIS *se dispone a salir, y* CAPULETO *le llama.*

CAPULETO
    Conde Paris, me atrevo a aseguraros
    el amor de mi hija: creo que me hará
    caso sin reservas; vamos, no lo dudo.
    Esposa, vete a verla antes de acostarte;
    cuéntale el amor de nuestro yerno Paris
    y dile, atiende bien, que este miércoles...
    Espera, ¿qué día es hoy?
PARIS
    Lunes, señor.
CAPULETO
    Lunes... ¡Mmmm...! Eso es muy precipitado.
    Que sea el jueves.—Dile que este jueves
    se casará con este noble conde.—
    ¿Estaréis preparados? ¿Os complace la presteza?
    No lo celebraremos: uno o dos amigos,
    porque, claro, con Tebaldo recién muerto,
    que era pariente, si lo festejamos
    dirán que le teníamos poca estima.
    Así que invitaremos a unos seis amigos
    y ya está. ¿Qué os parece el jueves?
PARIS
    Señor, ojalá que mañana fuese el jueves.
CAPULETO
    Muy bien; ahora marchad. Será el jueves.—
    Tú habla con Julieta antes de acostarte
    y prepárala para el día de la boda.—
    Adiós, señor.—¡Eh, alumbrad mi cuarto!—
    Por Dios, que se ha hecho tan tarde
    que pronto diremos que es temprano. Buenas noches.

            Salen.

III.v   *Entran* ROMEO y JULIETA *arriba, en el balcón.*

JULIETA

¿Te vas ya? Aún no es de día.
Ha sido el ruiseñor y no la alondra
el que ha traspasado tu oído medroso.
Canta por la noche en aquel granado.
Créeme, amor mío; ha sido el ruiseñor.

ROMEO

Ha sido la alondra, que anuncia la mañana,
y no el ruiseñor. Mira, amor, esas rayas hostiles
que apartan las nubes allá, hacia el oriente.
Se apagaron las luces de la noche
y el alegre día despunta en las cimas brumosas.
He de irme y vivir, o quedarme y morir.

JULIETA

Esa luz no es luz del día, lo sé bien;
es algún meteoro que el sol ha creado [36]
para ser esta noche tu antorcha
y alumbrarte el camino de Mantua.
Quédate un poco, aún no tienes que irte.

ROMEO

Que me apresen, que me den muerte;
lo consentiré si así lo deseas.
Diré que aquella luz gris no es el alba,
sino el pálido reflejo del rostro de Cintia [37],
y que no es el canto de la alondra
lo que llega hasta la bóveda del cielo.
En lugar de irme, quedarme quisiera.
¡Que venga la muerte! Lo quiere Julieta.
¿Hablamos, mi alma? Aún no amanece.

JULIETA

¡Si está amaneciendo! ¡Huye, corre, vete!
Es la alondra la que tanto desentona
con su canto tan chillón y disonante.

---

[36]   Al parecer, se creía que el sol creaba «meteoros» a partir de vapores
extraídos de la tierra y después quemados.
[37]   Sobrenombre de Diana, diosa de la luna.

Dicen que la alondra liga notas con dulzura:
a nosotros, en cambio, nos divide;
y que la alondra cambió los ojos con el sapo [38]:
ojalá que también se cambiasen las voces,
puesto que es su voz lo que nos separa
y de aquí te expulsa con esa alborada.
Vamos, márchate, que la luz ya se acerca.

ROMEO
Luz en nuestra luz y sombra en nuestras penas.

Entra el AMA *a toda prisa.*

AMA
¡Julieta!
JULIETA
¿Ama?
AMA
Tu madre viene a tu cuarto.
Ya es de día. Ten cuidado. Ponte en guardia.

[Sale.]

JULIETA
Pues que el día entre, y mi vida salga.
ROMEO
Bien, adiós. Un beso, y voy a bajar.

Desciende [39].

JULIETA
¿Ya te has ido, amado, esposo, amante?
De ti he de saber cada hora del día,
pues hay tantos días en cada minuto...

---

[38]   En su edición, Blakemore Evans recoge una referencia según la cual se creía que la alondra había cambiado sus bellos ojos con los ojos feos del sapo.
[39]   Hosley explica que Romeo bajaría del «balcón» (véase nota 25, pág. 70) a la vista del público por la escalera de cuerda que trae el ama en III.ii. Julieta seguiría arriba hasta la entrada de su madre (véase nota 41, pág. 116).

Ah, haciendo estas cuentas seré muy mayor
cuando vea a Romeo.

ROMEO [*abajo*]
  ¡Adiós! No perderé oportunidad
  de enviarte mi cariño.

JULIETA
  ¿Crees que volveremos a vernos?

ROMEO
  Sin duda, y recordaremos todas nuestras penas
  en gratos coloquios de años venideros.

JULIETA
  ¡Dios mío, mi alma presiente desgracias!
  Estando ahí abajo, me parece verte
  como un muerto en el fondo de una tumba.
  Si la vista no me engaña, estás pálido.

ROMEO
  A mi vista le dices lo mismo, amor.
  Las penas nos beben la sangre[40]. Adiós.

                Sale.

JULIETA
  Fortuna, Fortuna, te llaman voluble.
  Si lo eres, ¿por qué te preocupas
  del que es tan constante? Sé voluble, Fortuna,
  pues así no tendrás a Romeo mucho tiempo
  y podrás devolvérmelo.

          Entra la SEÑORA CAPULETO.

SEÑORA CAPULETO
  ¡Hija! ¿Estás levantada?

JULIETA
  ¿Quién me llama? Es mi madre.
  ¿Aún sin acostarse o es que ha madrugado?
  ¿Qué extraño motivo la trae aquí ahora?

---

[40] Alusión a la creencia de que cada suspiro de dolor acortaba la vida al
quitar una gota de sangre del corazón.

Baja del balcón [*y entra abajo*] [41].

SEÑORA CAPULETO
   ¿Qué pasa, Julieta?
JULIETA
   No estoy bien, señora.
SEÑORA CAPULETO
   ¿Sigues llorando la muerte de tu primo?
   ¿Quieres sacarle de la tumba con tus lágrimas?
   Aunque pudieras, no podrías darle vida,
   así que ya basta. Dolor moderado indica amor;
   dolor en exceso, pura necedad.
JULIETA
   Dejadme llorar mi triste pérdida.
SEÑORA CAPULETO
   Así lloras la pérdida, no a la persona.
JULIETA
   Lloro tanto la pérdida que no puedo
   dejar de llorar a la persona.
SEÑORA CAPULETO
   Hija, tú no lloras tanto su muerte
   como el que esté vivo el infame que lo mató.
JULIETA
   ¿Qué infame, señora?
SEÑORA CAPULETO
   El infame de Romeo.
JULIETA [*aparte*]
   Entre él y un infame hay millas de distancia.—
   [*A la* SEÑORA CAPULETO]
   Dios le perdone, como yo con toda el alma.
   Y eso que ninguno me aflige como él.

---

[41]   Acotación procedente de Q_1 (véase Nota preliminar, pág. 31), incorpo-
rada en las ediciones más recientes (véase pág. 27). La escena de la acción
pasa aquí directamente del balcón y el jardín al dormitorio de Julieta. Como
el juego escénico no es exactamente el mismo en Q_1 que en Q_2, los editores
modernos deben decidir el punto donde sitúan la entrada de la madre y la
consiguiente entrada de Julieta en el escenario principal. En mi texto sigo la
propuesta de Hosley, aceptada en las ediciones de Gibbons, Blakemore Evans
y Wells y Taylor.

SEÑORA CAPULETO
    Porque el vil asesino aún vive.
JULIETA
    Sí, señora, fuera del alcance de mis manos.
    ¡Ojalá sólo yo pudiera vengar a mi primo!
SEÑORA CAPULETO
    Tomaremos venganza, no lo dudes.
    No llores más. Mandaré a alguien a Mantua,
    donde vive el desterrado, y le dará
    un veneno tan insólito que muy pronto
    estará en compañía de Tebaldo.
    Supongo que entonces quedarás contenta.
JULIETA
    Nunca quedaré contenta con Romeo
    hasta que le vea... muerto...
    está mi corazón de llorar a Tebaldo.
    Señora, si a alguien encontráis
    para que lleve un veneno, yo lo mezclaré,
    de modo que Romeo, al recibirlo,
    pronto duerma en paz. ¡Cuánto me disgusta
    oír su nombre y no estar cerca de él
    para hacerle pagar mi amor por Tebaldo
    en el propio cuerpo que le ha dado muerte!
SEÑORA CAPULETO
    Tú busca los medios; yo buscaré al hombre.
    Pero ahora te traigo alegres noticias.
JULIETA
    La alegría viene bien cuando es tan necesaria.
    ¿Qué nuevas traéis, señora?
SEÑORA CAPULETO
    Hija, tienes un padre providente
    que, para descargarte de tus penas,
    de pronto ha dispuesto un día de dicha
    que ni tú te esperabas ni yo imaginaba.
JULIETA
    Muy a propósito. ¿Qué día será?
SEÑORA CAPULETO
    Hija, este jueves, por la mañana temprano,
    en la iglesia de San Pedro, un gallardo, joven

y noble caballero, el Conde Paris,
te hará una esposa feliz.

JULIETA

Pues por la iglesia de San Pedro y por San Pedro,
que allí no me hará una esposa feliz.
Me asombra la prisa, tener que casarme
antes de que el novio me enamore.
Señora, os lo ruego: decidle a mi padre y señor
que aún no pienso casarme y que, cuando lo haga,
será con Romeo, a quien sabes que odio,
en vez de con Paris. ¡Pues vaya noticias!

Entran CAPULETO *y el* AMA.

SEÑORA CAPULETO

Aquí está tu padre. Díselo tú misma,
a ver cómo lo toma.

CAPULETO

Cuando el sol se pone, la tierra llora rocío [42],
mas en el ocaso del hijo de mi hermano,
cae un diluvio.
¡Cómo! ¿Hecha una fuente, hija? ¿Aún llorando?
¿Bañada en lágrimas? Con tu cuerpo menudo
imitas al barco, al mar, al viento,
pues en tus ojos, que yo llamo el mar,
están el flujo y reflujo de tus lágrimas;
el barco es tu cuerpo, que surca ese mar;
el viento, tus suspiros, que, a porfía con tus lágrimas,
hará naufragar ese cuerpo agitado
si pronto no amaina.—¿Qué hay, esposa?
¿Le has hecho saber mi decisión?

SEÑORA CAPULETO

Sí, pero ella dice que no, y gracias.
¡Ojalá se casara con su tumba!

CAPULETO

Un momento, esposa; explícame eso, explícamelo.
¿Cómo que no quiere? ¿No se da por contenta

---

[42] Según esta imagen, la tierra llora la muerte (es decir, la puesta) del sol.

de que, indigna como es, hayamos conseguido
que tan digno caballero sea su esposo?

JULIETA

Orgullosa, no, mas sí agradecida.
No puedo estar orgullosa de lo que odio,
pero sí agradezco que se hiciera por amor.

CAPULETO

¿Así que con sofismas? ¿Qué es esto?
¿«Orgullosa», «lo agradezco», «no lo agradezco»
y «orgullosa, no», niña consentida?
A mí no me vengas con gracias ni orgullos
y prepara esas piernecitas para ir
el jueves con Paris a la iglesia de San Pedro
o te llevo yo atada y a rastras.
¡Quita, cadavérica! ¡Quita, insolente,
cara lívida!

SEÑORA CAPULETO

¡Calla, calla! ¿Estás loco?

JULIETA

Mi buen padre, te lo pido de rodillas;
escúchame con calma un momento.

CAPULETO

¡Que te cuelguen, descarada, rebelde!
Escúchame tú: el jueves vas a la iglesia
o en tu vida me mires a la cara.
No hables, ni respondas, ni contestes.
Me tientas la mano. Esposa, nos creíamos
con suerte porque Dios nos dio sólo una hija,
pero veo que la única nos sobra
y que haberla tenido es maldición.
¡Fuera con el penco!

AMA

¡Dios la bendiga! Señor,
sois injusto al tratarla de ese modo.

CAPULETO

¿Y por qué, doña Sabihonda? ¡Cállese
doña Cordura, y a charlar con las comadres!

AMA

No he faltado a nadie.

CAPULETO
   Ahí está la puerta.
AMA
   ¿No se puede hablar?
CAPULETO
   ¡A callar, charlatana! Suelta tu sermón
   a tus comadres, que aquí no hace falta.
SEÑORA CAPULETO
   No te excites tanto.
CAPULETO
   ¡Cuerpo de Dios, me exasperas! Día y noche,
   trabajando u ocioso, solo o acompañado,
   mi solo cuidado ha sido casarla;
   y ahora que le encuentro un joven caballero
   de noble linaje, de alcurnia y hacienda,
   adornado, como dicen, de excelsas virtudes,
   con tan buena figura como quepa imaginar,
   me viene esta tonta y mísera llorica,
   esta muñeca llorona, en la cumbre de su suerte,
   contestando: «No me caso, no le quiero;
   no tengo edad; perdóname, te lo suplico».
   Pues no te cases y verás si te perdono:
   pace donde quieras y lejos de mi casa.
   Piénsalo bien, no suelo bromear.
   El jueves se acerca, considéralo, pondera:
   si eres hija mía, te daré a mi amigo; si no,
   ahórcate, mendiga, hambrea, muérete en la calle,
   pues, por mi alma, no pienso reconocerte
   ni dejarte nada que sea mío.
   Ten por seguro que lo cumpliré.

                    Sale.

JULIETA
   ¿No hay misericordia en las alturas
   que conciba la hondura de mi pena?
   ¡Ah, madre querida, no me rechacéis!
   Aplazad esta boda un mes, una semana

o, si no, disponed mi lecho nupcial
en el panteón donde yace Tebaldo.

SEÑORA CAPULETO

Conmigo no hables; no diré palabra.
Haz lo que quieras. Contigo he terminado.

Sale.

JULIETA

¡Dios mío! Ama, ¿cómo se puede impedir esto?
Mi esposo está en la tierra; mi juramento, en el cielo.
¿Cómo puede volver a la tierra
si, dejando la tierra, mi esposo
no me lo envía desde el cielo? Confórtame,
aconséjame. ¡Ah, que el cielo emplee sus mañas
contra un ser indefenso como yo!
¿Qué me dices? ¿No puedes alegrarme?
Dame consuelo, ama.

AMA

Aquí lo tienes:
Romeo está desterrado, y el mundo contra nada
a que no se atreve a volver y reclamarte,
o que, si lo hace, será a hurtadillas.
Así que, tal como ahora está la cosa,
creo que más vale que te cases con el conde.
¡Ah, es un caballero tan apuesto!
A su lado, Romeo es un pingajo. Ni el águila
tiene los ojos tan verdes, tan vivos y hermosos
como Paris. Que se pierda mi alma
si no vas a ser feliz con tu segundo esposo,
pues vale más que el primero; en todo caso,
el primero ya está muerto, o como si lo estuviera,
viviendo tú aquí y sin gozarlo.

JULIETA

Pero, ¿hablas con el corazón?

AMA

Y con el alma, o que se pierdan los dos.

JULIETA

Amén.

AMA
    ¿Qué?
JULIETA
    Bueno, me has dado un gran consuelo.
    Entra y dile a mi madre que, habiendo disgustado
    a mi padre, me voy a la celda de Fray Lorenzo
    a confesarme y pedir la absolución.
AMA
    En seguida. Eso es muy sensato.

                    [*Sale.*]

JULIETA
    ¡Condenada vieja! ¡Perverso demonio!
    ¿Qué es más pecado? ¿Tentarme al perjurio
    o maldecir a mi esposo con la lengua
    que tantas veces lo ensalzó
    con desmesura? Vete, consejera.
    Tú y mis pensamientos viviréis como extraños.
    Veré qué remedio puede darme el fraile;
    si todo fracasa, habré de matarme.

                    Sale.

IV.i   *Entran* FRAY LORENZO *y el Conde* PARIS.

FRAY LORENZO
    ¿El jueves, señor? Eso es muy pronto.
PARIS
    Así lo quiere mi suegro Capuleto
    y yo no me inclino a frenar su prisa.
FRAY LORENZO
    ¿Decís que no sabéis lo que ella piensa?
    Esto es muy irregular y no me gusta.
PARIS
    Llora sin cesar la muerte de Tebaldo
    y por eso de amor he hablado poco.

Venus no sonríe en la casa del dolor.
Señor, su padre juzga peligroso
que su pena llegue a dominarla
y, en su prudencia, apresura nuestra boda
por contener el torrente de sus lágrimas,
a las que ella es tan propensa si está sola
y que puede evitar la compañía.
Ahora ya sabéis la razón de la premura.

FRAY LORENZO

[*aparte*] Ojalá no supiera por qué hay que frenarla.—
Mirad, señor: la dama viene a mi celda.

Entra JULIETA.

PARIS

Bien hallada, mi dama y esposa.

JULIETA

Señor, eso será cuando pueda ser esposa.

PARIS

Ese «pueda ser» ha de ser el jueves, mi amor.

JULIETA

Lo que ha de ser, será.

FRAY LORENZO

Un dicho muy cierto.

PARIS

¿Venís a confesaros con el padre?

JULIETA

Si contestase, me confesaría con vos.

PARIS

No podéis negarle que me amáis.

JULIETA

Voy a confesaros que le amo.

PARIS

También confesaréis que me amáis.

JULIETA

Si lo hago, valdrá más por ser dicho
a vuestras espaldas que a la cara.

PARIS

Pobre, no estropeéis vuestra cara con el llanto.

JULIETA
    La victoria del llanto es bien pequeña:
    antes de dañarla, mi cara valía poco.
PARIS
    Decir eso la daña más que vuestro llanto.
JULIETA
    Señor, lo que es cierto no es calumnia,
    y lo que he dicho, me lo he dicho a la cara.
PARIS
    Esa cara es mía y vos la calumniáis.
JULIETA
    Tal vez, porque mía ya no es.—
    Padre, ¿estáis desocupado
    u os veo tras la misa vespertina?
FRAY LORENZO
    Estoy desocupado, mi apenada hija.—
    Señor, os rogaré que nos dejéis a solas.
PARIS
    Dios me guarde de turbar la devoción.—
    Julieta, os despertaré el jueves bien temprano.
    Adiós hasta entonces y guardad mi santo beso.

                    Sale.

JULIETA
    ¡Ah, cerrad la puerta y llorad conmigo!
    No queda esperanza, ni cura, ni ayuda.
FRAY LORENZO
    Ah, Julieta, conozco bien tu pena;
    me tiene dominada la razón.
    Sé que el jueves tienes que casarte
    con el conde, y que no se aplazará.
JULIETA
    Padre, no me digáis que lo sabéis
    sin decirme también cómo impedirlo.
    Si, en vuestra prudencia, no me dais auxilio,
    aprobad mi decisión y yo al instante
    con este cuchillo pondré remedio a todo esto.
    Dios unió mi corazón y el de Romeo,
    vos nuestras manos y, antes que esta mano,

sellada con la suya, sea el sello de otro enlace
o este corazón se entregue a otro
con perfidia, esto acabará con ambos.
Así que, desde vuestra edad y experiencia,
dadme ya consejo, pues, si no, mirad,
este cuchillo será el árbitro que medie
entre mi angustia y mi persona con una decisión
que ni vuestra autoridad ni vuestro arte
han sabido alcanzar honrosamente.
Tardáis en hablar, y yo la muerte anhelo
si vuestra respuesta no me da un remedio.

FRAY LORENZO

¡Alto, hija! Veo un destello de esperanza,
mas requiere una acción tan peligrosa
como el caso que se trata de evitar.
Si, por no unirte al Conde Paris, tienes
fuerza de voluntad para matarte,
seguramente podrás acometer
algo afín a la muerte y evitar este oprobio,
pues por él la muerte has afrontado.
Si tú te atreves, yo te daré el remedio.

JULIETA

Antes que casarme con Paris, decidme
que salte desde las almenas de esa torre,
que pasee por sendas de ladrones, o que ande
donde viven las serpientes; encadenadme
con osos feroces o metedme de noche en un osario,
enterrada bajo huesos que crepiten,
miembros malolientes, calaveras sin mandíbulas;
decidme que me esconda en un sepulcro,
en la mortaja de un recién enterrado...
Todo lo que me ha hecho temblar con sólo oírlo
pienso hacerlo sin duda ni temor
por seguir siéndole fiel a mi amado.

FRAY LORENZO

Entonces vete a casa, ponte alegre y di
que te casarás con Paris. Mañana es miércoles:
por la noche procura dormir sola;
no dejes que el ama duerma en tu aposento.

Cuando te hayas acostado, bébete
el licor destilado de este frasco.
Al punto recorrerá todas tus venas
un humor frío y soñoliento; el pulso
no podrá detenerlo y cesará;
ni aliento ni calor darán fe de que vives;
las rosas de tus labios y mejillas
serán pálida ceniza; tus párpados caerán
cual si la muerte cerrase el día de la vida;
tus miembros, privados de todo movimiento,
estarán más fríos y yertos que la muerte.
Y así quedarás cuarenta y dos horas
como efigie pasajera de la muerte,
para despertar como de un grato sueño.
Cuando por la mañana llegue el novio
para levantarte de tu lecho, estarás muerta.
Entonces, según los usos del país,
con tus mejores galas, en un féretro abierto,
serás llevada al viejo panteón
donde yacen los difuntos Capuletos.
Entre tanto, y mientras no despiertes,
por carta haré saber a Romeo nuestro plan
para que venga; él y yo asistiremos
a tu despertar, y esa misma noche
Romeo podrá llevarte a Mantua.
Esto te salvará de la deshonra,
si no hay veleidad ni miedo femenil
que frene tu valor al emprenderlo.

JULIETA

¡Dádmelo, dádmelo! No me habléis de miedo.

FRAY LORENZO

Bueno, vete. Sé firme, y suerte
en tu propósito. Ahora mismo mando un fraile
a Mantua con carta para tu marido.

JULIETA

Amor me dé fuerza, y ella me dé auxilio.
Adiós, buen padre.

Salen.

IV.ii   *Entran* CAPULETO, *la* SEÑORA CAPULETO, *el* AMA *y dos*
CRIADOS.

CAPULETO
Invita a todas las personas de esta lista.—

[*Sale un* CRIADO.]

Tú, contrátame a veinte buenos cocineros.
CRIADO
Señor, no os traeré a ninguno malo, pues probaré a ver si se
chupan los dedos.
CAPULETO
¿Qué prueba es esa?
CRIADO
Señor, no será buen cocinero quien no se chupe los dedos;
así que por mí, el que no se los chupe, ahí se queda.
CAPULETO
Bueno, andando.

Sale el CRIADO.

Esta vez no estaremos bien surtidos.
Mi hija, ¿se ha ido a ver al padre?
AMA
Sí, señor.
CAPULETO
Bueno, quizá él le haga algún bien.
Es una cría tonta y testaruda.

Entra JULIETA.

AMA
Pues vuelve de la confesión con buena cara.
CAPULETO
¿Qué dice mi terca? ¿Dónde fuiste de correteo?
JULIETA
Donde he aprendido a arrepentirme
del pecado de tenaz desobediencia
a vos y a vuestras órdenes. Fray Lorenzo

ha dispuesto que os pida perdón
postrada de rodillas. Perdonadme.
Desde ahora siempre os obedeceré.

CAPULETO

¡Llamad al conde! ¡Contádselo!
Este enlace lo anudo mañana por la mañana[43].

JULIETA

He visto al joven conde en la celda del fraile
y le he dado digna muestra de mi amor
sin traspasar las lindes del decoro.

CAPULETO

¡Cuánto me alegro! ¡Estupendo! Levántate.
Así debe ser. He de ver al conde.
Sí, eso es.—Vamos, traedle aquí.—
¡Por Dios bendito, cuánto debe la ciudad
a este padre santo y venerable!

JULIETA

Ama, ¿me acompañas a mi cuarto
y me ayudas a escoger las galas
que creas que mañana necesito?

SEÑORA CAPULETO

No, es el jueves. Hay tiempo de sobra.

CAPULETO

Ama, ve con ella. La boda es mañana.

Salen el AMA *y* JULIETA.

SEÑORA CAPULETO

No estaremos bien provistos.
Ya es casi de noche.

CAPULETO

Calla, deja que me mueva
y todo irá bien, esposa, te lo garantizo.
Tú ve con Julieta, ayúdala a engalanarse.
Esta noche no me acuesto. Tú déjame:

---

[43]   Capuleto eufórico con la respuesta de Julieta, adelanta la boda al miércoles. Como se explica en la Introducción (pág. 24), esta decisión tendrá consecuencias trágicas.

esta vez yo haré de ama de casa.—¡Eh!—
Han salido todos. Bueno, yo mismo iré a ver
al Conde Paris y le prepararé
para mañana. Me brinca el corazón
desde que se ha enmendado la rebelde.

      Salen.

IV.iii   *Entran* JULIETA *y el* AMA.

JULIETA
   Sí, mejor esa ropa. Pero, mi buena ama,
   ¿quieres dejarme sola esta noche?
   Necesito rezar mucho y lograr
   que el cielo se apiade de mi estado,
   que, como sabes, es adverso y pecaminoso.

      Entra la SEÑORA CAPULETO.

SEÑORA CAPULETO
   ¿Estáis ocupadas? ¿Necesitáis mi ayuda?
JULIETA
   No, señora. Ya hemos elegido lo adecuado
   para la ceremonia de mañana.
   Si os complace, desearía quedarme sola;
   el ama os puede ayudar esta noche,
   pues seguro que estaréis atareada
   con toda esta premura.
SEÑORA CAPULETO
   Buenas noches. Acuéstate y descansa,
   que lo necesitas.

      Salen [*la* SEÑORA CAPULETO *y el* AMA].

JULIETA
   ¡Adiós! Sabe Dios cuándo volveremos a vernos.
   Tiembla en mis venas un frío terror
   que casi me hiela la vida.
   Las llamaré para que me conforten.

¡Ama!—¿Y qué puede hacer?
En esta negra escena he de actuar sola.
Ven, frasco.
¿Y si no surte efecto la mezcla?
¿Habré de casarme mañana temprano?
No, no: esto lo impedirá. Quédate ahí.

            [*Deja a su lado un puñal.*]

¿Y si fuera un veneno que el fraile
preparó con perfidia para darme muerte,
no sea que mi boda le deshonre
tras haberme casado con Romeo?
Temo que sí y, sin embargo, creo que no,
pues siempre ha demostrado ser piadoso.
¿Y si, cuando esté en el panteón,
despierto antes que Romeo
venga a rescatarme? Tiemblo de pensarlo.
¿Podré respirar en un sepulcro
en cuya inmunda boca no entra aire sano
y morir asfixiada antes que llegue Romeo?
O si vivo, ¿no puede ocurrir que la horrenda
imagen que me inspiran muerte y noche,
junto con el espanto del lugar...?
Pues al ser un sepulcro, un viejo mausoleo
donde por cientos de años se apilan
los restos de todos mis mayores;
donde Tebaldo, sangriento y recién enterrado,
se pudre en su mortaja; donde dicen
que a ciertas horas de la noche acuden espíritus...
¡Ay de mí! ¿No puede ocurrir que, despertando
temprano, entre olores repugnantes
y gritos como de mandrágora arrancada
de cuajo, que enloquece a quien lo oye...? [44].

----

[44] La raíz de la mandrágora se asemeja a la mitad inferior del cuerpo de
un hombre. Según una creencia popular, la planta volvía loco a quien la
arrancase y emitía un chillido al salir del suelo (por eso algunos tiraban de
ella con la ayuda de un perro y una cuerda).

Ah, si despierto, ¿no podría perder el juicio,
rodeada de horrores espantosos,
y jugar como una loca con los esqueletos,
a Tebaldo arrancar de su mortaja
y, en este frenesí, empuñando como maza
un hueso de algún antepasado, partirme
la cabeza enajenada? ¡Ah! Creo ver
el espectro de mi primo en busca de Romeo,
que le atravesó con su espada. ¡Quieto, Tebaldo!
¡Romeo, Romeo! Aquí está el licor. Bebo por ti.

Cae sobre la cama, tras las cortinas[45].

IV.iv   *Entran la* SEÑORA CAPULETO *y el* AMA *con hierbas.*

SEÑORA CAPULETO
Espera. Toma estas llaves y trae más especias.
AMA
En el horno piden membrillos y dátiles.

Entra CAPULETO.

CAPULETO
Vamos, daos prisa. El gallo ha cantado
dos veces, ha sonado la campana: son las tres.
Angélica, ocúpate de las empanadas;
no repares en gastos.
AMA
Marchaos ya, cominero, acostaos.
Ya veréis, mañana estaréis malo
por falta de sueño.
CAPULETO
¡Qué va! Por mucho menos velé
noches enteras sin ponerme malo.

---

[45]   Es decir, cae tras correr las cortinas, con lo que «desaparece» escénicamente y deja paso a una nueva escena.

SEÑORA CAPULETO
Sí, en tus tiempos fuiste muy trasnochador,
pero ahora velaré por que no veles.

Salen la SEÑORA CAPULETO *y el* AMA.

CAPULETO
¡Será celosa, será celosa!

Entran tres o cuatro CRIADOS *con asadores, leña
y cestas.*

Oye, tú, ¿qué lleváis ahí?
CRIADO 1.º
No sé, señor; cosas para el cocinero.
CAPULETO
Date prisa, date prisa.—Tú, trae leña más seca.
Llama a Pedro: él te dirá dónde hay.
CRIADO 2.º
Señor, a Pedro no hay que molestarle:
para encontrar tarugos tengo yo buena cabeza.
CAPULETO
Vive Dios, qué bien dicho. El pillo es chistoso.
Te llamaremos «cabeza de tarugo».

Salen [los CRIADOS].

¡Pero si ya es de día!
El conde estará aquí pronto con la música.
Eso es lo que dijo.

Tocan música [dentro].

Ya se acerca. ¡Ama! ¡Esposa! ¡Eh! ¡Ama!

Entra el AMA.

Despierta a Julieta, corre a arreglarla.
Yo voy a hablar con Paris. Date prisa,

date prisa, que ha llegado el novio.
Vamos, date prisa.

[*Sale* [46].]

AMA
¡Señorita! ¡Julieta! ¡Anda, vaya sueño!
¡Eh, paloma! ¡Eh, Julieta! ¡Será dormilona!
¡Eh, cariño! ¡Señorita! ¡Reina! ¡Novia, vamos!
¡Ni palabra! Aprovecha bien ahora,
duerme una semana, que, ya verás,
esta noche el Conde Paris sueña
con quitarte el sueño. ¡Dios me perdone!
¡Amén, Jesús! ... Se le han pegado las sábanas.
Tendré que despertarla. ¡Señorita, señorita!
Sí, sí, ya verás como el conde te coja en la cama:
te va a meter miedo. ¿Es que no despiertas?

[*Descorre las cortinas.*]

¡Cómo, te vistes y vuelves a acostarte!
Tendré que despertarte. ¡Señorita, señorita!
¡Ay, ay! ¡Socorro, socorro! ¡Está muerta!
¡Ay, dolor! ¿Para qué habré nacido?
¡Ah, mi aguardiente! ¡Señor! ¡Señora!

Entra la SEÑORA CAPULETO.

SEÑORA CAPULETO
¿Qué escándalo es ese?
AMA
¡Ah, día infortunado!
SEÑORA CAPULETO
¿Qué pasa?

---

[46]   Salvo la edición de Wells y Taylor, todas las ediciones modernas se-
ñalan a continuación una nueva escena. Pero el ama no ha salido del escenario desde su última entrada y Julieta había permanecido en él, oculta tras
las cortinas, desde que tomó la pócima al final de la escena anterior (véase
nota 45, pág. 131).

AMA
    ¡Mirad, mirad! ¡Ah, día triste!
SEÑORA CAPULETO
    ¡Ay de mí, ay de mí! ¡Mi hija, mi vida!
    ¡Revive, mírame o moriré contigo!
    ¡Socorro, socorro! ¡Pide socorro!

Entra CAPULETO.

CAPULETO
    ¡Por Dios, traed a Julieta, que ha llegado el novio!
AMA
    ¡Está muerta, muerta, muerta! ¡Ay, dolor!
SEÑORA CAPULETO
    ¡Ay, dolor! ¡Está muerta, muerta, muerta!
CAPULETO
    ¡Cómo! A ver. ¡Ah, está fría!
    La sangre, parada; los miembros, rígidos.
    Hace tiempo que la vida salió de sus labios.
    La Muerte la cubre como escarcha intempestiva
    sobre la más tierna flor de los campos.
AMA
    ¡Ah, día infortunado!
SEÑORA CAPULETO
    ¡Ah, tiempo de dolor!
CAPULETO
    La Muerte la llevó para hacerme gritar,
    pero ahora me ata la lengua y el habla.

Entran FRAY LORENZO *y el Conde* PARIS [*con los*
MÚSICOS].

FRAY LORENZO
    ¿Está lista la novia para ir a la iglesia?
CAPULETO
    Lista para ir, no para volver.—
    Ah, hijo, la noche antes de tu boda
    la Muerte ha dormido con tu amada. La flor
    que había sido yace ahora desflorada.

La Muerte es mi yerno, la Muerte me hereda;
con mi hija se ha casado. Moriré
dejándole todo: la vida, el vivir, todo es suyo.

PARIS

¡Tanto desear que llegase este día
para ver una escena como esta!

Todos a una gritan y se retuercen las manos[47].

SEÑORA CAPULETO

¡Día maldito, funesto, mísero, odioso!
¡La hora más triste que vio el tiempo
en su largo y asiduo peregrinar!
¡Una, sólo una, una pobre y tierna hija,
que me daba alegría y regocijo,
y la cruel Muerte me la arranca de mi lado!

AMA

¡Ah, dolor! ¡Día triste, triste, triste!
¡El más infortunado, el más doloroso
de mi vida, de toda mi vida!
¡Ah, qué día, qué día más odioso!
¡Cuándo se ha visto un día tan negro!
¡Ah, día triste, día triste!

PARIS

¡Engañado, separado, injuriado, muerto!
¡Engañado por ti, Muerte execrable,
derrotado por ti en tu extrema crueldad!
¡Amor! ¡Vida! ¡Vida, no: amor en la muerte!

CAPULETO

¡Despreciado, vejado, odiado, torturado, muerto!
Tiempo de angustia, ¿por qué vienes ahora

---

[47]   Esta acotación, procedente de Q_1, confirma y refuerza el juego escénico de este pasaje. Los lamentos sucesivos de los personajes (o simultáneos:
la acotación reza *todos a una*) pueden tomarse y representarse en serio, pero,
como se ha observado, es fácil que sean una parodia de pasajes semejantes
en las traducciones inglesas de las tragedias de Séneca y que, por tanto, tengan una intención cómica. Sobre todo, la parodia sería un guiño irónico de
Shakespeare al público, ya que este sabe perfectamente que Julieta no ha
muerto.

matando nuestra celebración?
¡Hija, ah, hija! ¡Mi alma, y no mi hija!
Yaces muerta. Ah, ha muerto mi hija
y con ella se entierra mi gozo.

FRAY LORENZO

¡Por Dios, callad! El trastorno no se cura
con trastornos. El cielo y vos teníais
parte en la bella muchacha; ahora todo
es del cielo, y para ella es lo mejor.
Vuestra parte no pudisteis salvarla de la muerte,
mas la otra eternamente guarda el cielo.
Vuestro anhelo era verla encumbrada;
elevarla habría sido vuestra gloria.
¿Y lloráis ahora que se ha elevado
más allá de las nubes y ya alcanza la gloria?
¡Ah, con ese amor la amáis tan poco
que os perturba su bienaventuranza!
No es buen matrimonio el que años conoce:
la mejor casada es la que muere joven.
Secad vuestras lágrimas y cubrid de romero
este hermoso cuerpo, según la costumbre [48],
y llevadla a la iglesia con sus mejores galas.
La blanda natura llorar ha mandado,
mas nuestra cordura se ríe del llanto.

CAPULETO

Lo que dispusimos para nuestra fiesta
cambiará su objeto para estas exequias:
ahora los músicos tocarán a muerto,
el banquete será una comida de luto,
los himnos de boda, dolientes endechas,
las flores nupciales lucirán sobre el féretro
y todo ha de volverse su contrario.

FRAY LORENZO

Entrad, señor; señora, entrad con él.
Venid, Conde Paris. Que todos se preparen

---

[48]   El romero, símbolo del recuerdo perdurable, se usaba en bodas y fu-
nerales.

para acompañar a la bella difunta en su entierro.
Los cielos os penan por algún pecado;
no los enojéis: cumplid su mandato.

> *Salen todos, menos* [*los* MÚSICOS *y*] *el* AMA, *que
> echa romero sobre el cadáver y corre las cortinas.*

MÚSICO 1.º
  Ya podemos irnos con la música a otra parte.
AMA
  Marchaos, amigos, marchaos;
  ya veis que es un caso de dolor.

> *Sale.*

MÚSICO 1.º
  Sí, es el caso que te hacen cuando duele.

> *Entra* PEDRO [49].

PEDRO
  ¡Músicos, músicos! «Paz del alma», «Paz del alma».
  Si queréis que siga vivo, tocad «Paz del alma» [50].
MÚSICO 1.º
  ¿Por qué «Paz del alma»?
PEDRO
  Ah, músicos, porque en mi alma oigo sonar «Se me parte el
  alma». Ah, confortadme con una endecha que sea alegre.
MÚSICO 1.º
  Nada de endechas. No es hora de tocar.
PEDRO
  Entonces, ¿no?
MÚSICO 1.º
  No.

---

[49]   El nombre del criado aparece por primera vez en la cuarta edición (Q$_4$),
publicada probablemente en 1622, y en el infolio de 1623. En Q$_2$ se lee *Will
Kemp,* que era el nombre del cómico principal de la compañía de Shakespeare.
[50]   Exactamente, «harts [heart's] ease», una canción de la época de
Shakespeare cuya melodía se ha conservado.

PEDRO
Pues os la voy a dar sonada.
MÚSICO 1.º
¿Qué nos vas a dar?
PEDRO
Dinero, no; guerra. Te voy a poner a tono.
MÚSICO 1.º
Y yo te pondré de esclavo.
PEDRO
Entonces este puñal de esclavo te va a rapar la cabeza. A mí
no me trines, que te solfeo. Toma nota.
MÚSICO 1.º
Solfea y darás la nota.
MÚSICO 2.º
Anda, demuestra lo listo que eres y envaina ese puñal.
PEDRO
¡Pues, en guardia! Envainaré mi puñal y os batiré
con mi listeza. Respondedme como hombres:

«Cuando domina la aflicción
y el alma sufre del pesar,
la música, argénteo son... [51]».

¿Por qué «argénteo»? ¿Por qué «la música, argénteo son»?
¿Qué dices tú, Simón Cuerdas?
MÚSICO 1.º
Pues porque, igual que la plata, suena dulce.
PEDRO
¡Palabras! ¿Tú qué dices, Hugo Violas?
MÚSICO 2.º
«Argénteo» porque a los músicos nos pagan en plata.
PEDRO
¡Más palabras! ¿Y tú qué dices, Juan del Coro?
MÚSICO 3.º
Pues no sé qué decir.

---

[51]   Véase nota y partitura en el Apéndice, pág. 159.

PEDRO

¡Ah, disculpad! Sois el cantor. Yo os lo diré. «La música,
argénteo son» porque a los músicos nunca os suena el oro.

«... la música, argénteo son,
el mal no tarda en reparar».

Sale.

MÚSICO 1.º

¡Qué pillo más irritante!

MÚSICO 2.º

¡Que lo zurzan! Venga, vamos a entrar. Aguardamos a los
dolientes y esperamos a comer.

Salen.

V.i   *Entra* ROMEO.

ROMEO

Si puedo confiar en la verdad
de un sueño halagador, se acercan buenas nuevas.
El rey de mi pecho está alegre en su trono
y hoy un insólito vigor me eleva
sobre el suelo con pensamientos de júbilo.
Soñé que mi amada vino y me halló muerto
(sueño extraño, si en él un muerto piensa)
y me insufló tanta vida con sus besos
que resucité convertido en un emperador.
¡Ah, qué dulce ha de ser el amor real
si sus sombras albergan tanta dicha!

Entra BALTASAR, *criado de Romeo.*

¡Noticias de Verona! ¿Qué hay, Baltasar?
¿No traes cartas del fraile?
¿Cómo está mi amor? ¿Está bien mi padre?
¿Cómo está Julieta? Dos veces lo pregunto,
pues nada puede ir mal si ella está bien.

BALTASAR
    Entonces está bien y nada puede ir mal.
    Su cuerpo descansa en la cripta de los Capuletos
    y su alma inmortal vive con los ángeles.
    Vi cómo la enterraban en el panteón
    y a toda prisa cabalgué para contároslo.
    Perdonadme por traeros malas nuevas,
    pero cumplo el deber que me asignasteis.
ROMEO
    ¿Es verdad? Entonces yo os desafío, estrellas.—
    Ya sabes dónde vivo; tráeme papel y tinta
    y alquila caballos de posta. Salgo esta noche.
BALTASAR
    Calmaos, señor, os lo ruego.
    Estáis pálido y excitado, y eso anuncia
    alguna adversidad.
ROMEO
    Calla, te equivocas.
    Déjame y haz lo que te he dicho.
    ¿No tienes carta para mí de Fray Lorenzo?
BALTASAR
    No, señor.
ROMEO
    No importa. Vete. Y alquila esos caballos.
    Yo voy contigo en seguida.

                    Sale BALTASAR.

    Bien, Julieta, esta noche yaceré contigo.
    A ver la manera. ¡Ah, destrucción, qué pronto
    te insinúas en la mente de un desesperado!
    Recuerdo un boticario, que vive
    por aquí. Le vi hace poco, cubierto
    de andrajos, con cejas muy pobladas,
    recogiendo hierbas. Estaba macilento;
    su penuria le había enflaquecido.
    En su pobre tienda vendía una tortuga,
    un caimán disecado y varias pieles
    de peces deformes; y por los estantes,

expuestas y apenas separadas,
un número exiguo de cajas vacías,
cazuelas verdes, vejigas, semillas rancias,
hilos bramantes y panes de rosa ya pasados.
Viendo esa indigencia, yo me dije:
«Si alguien necesita algún veneno,
aunque en Mantua venderlo se pena con la muerte,
este pobre hombre se lo venderá».
Ah, la idea se adelantó a mi menester
y ahora este menesteroso ha de vendérmelo.
Que yo recuerde, esta es la casa;
hoy es fiesta, y la tienda está cerrada.
¡Eh, boticario!

Entra el BOTICARIO.

BOTICARIO
    ¿Quién grita?
ROMEO
    Vamos, ven aquí. Veo que eres pobre.
    Toma cuarenta ducados y dame
    un frasco de veneno, algo que actúe rápido
    y se extienda por las venas, de tal modo
    que el cansado de la vida caiga muerto
    y el aliento salga de su cuerpo
    con el ímpetu de la pólvora inflamada
    cuando huye del vientre del cañón.
BOTICARIO
    De esas drogas tengo, pero las leyes de Mantua
    castigan con la muerte a quien las venda.
ROMEO
    ¿Y tú temes la muerte, estando tan escuálido
    y cargado de penuria? El hambre está en tu cara;
    en tus ojos hundidos, la hiriente miseria;
    tu cuerpo lo visten indignos harapos.
    El mundo no es tu amigo, ni su ley,
    y el mundo no da ley que te haga rico,
    conque no seas pobre, viola la ley y toma esto.

BOTICARIO
    Accede mi pobreza, no mi voluntad.
ROMEO
    Le pago a tu pobreza, no a tu voluntad.
BOTICARIO
    Disolved esto en cualquier líquido
    y bebedlo y, aunque tengáis el vigor
    de veinte hombres, al instante os matará.
ROMEO
    Aquí está el oro, peor veneno para el alma;
    en este mundo asesina mucho más
    que las tristes mezclas que no puedes vender.
    Soy yo quien te vende veneno, no tú a mí.
    Adiós, cómprate comida y echa carnes.

                [*Sale el* BOTICARIO.]

    Cordial y no veneno, ven conmigo
    a la tumba de Julieta, que es tu sitio.

                Sale.

V.ii   *Entra* FRAY JUAN.

FRAY JUAN
    ¡Eh, santo franciscano, hermano!

                Entra FRAY LORENZO.

FRAY LORENZO
    Esa parece la voz de Fray Juan.
    Bien venido de Mantua. ¿Qué dice Romeo?
    Si escribió su mensaje, dame la carta.
FRAY JUAN
    Fui en busca de un hermano franciscano
    que había de acompañarme. Le hallé
    en la ciudad, visitando a los enfermos.
    La guardia sanitaria, sospechando

que la casa en que vivíamos los dos
estaba contagiada por la peste,
selló las puertas y nos prohibió salir.
Por eso no pude viajar a Mantua.

FRAY LORENZO

Entonces, a Romeo, ¿quién le llevó mi carta?

FRAY JUAN

Aquí está, no pude mandársela
ni conseguir que nadie os la trajese.
Tenían mucho miedo de contagios.

FRAY LORENZO

¡Ah, desventura! Por la orden franciscana,
no era una carta cualquiera, sino de gran
trascendencia. No entregarla podría hacer
mucho daño. Vamos, Fray Juan, buscadme
una palanca y llevádmela a la celda.

FRAY JUAN

Ahora mismo os la llevo, hermano.

Sale.

FRAY LORENZO

He de ir solo al panteón. De aquí
a tres horas despertará Julieta.
Se enfadará conmigo cuando sepa que Romeo
no ha sido avisado de lo sucedido.
Volveré a escribir a Mantua; a ella la tendré
aquí, en mi celda, hasta que llegue Romeo.
¡Ah, cadáver vivo en tumba de muertos!

Sale.

V.iii   *Entran* PARIS *y su* PAJE, *con flores, agua perfumada*
[*y una antorcha*].

PARIS

Muchacho, dame la antorcha y aléjate.
No, apágala; no quiero que me vean.

Ahora échate al pie de esos tejos
y pega el oído a la hueca tierra.
Así no habrá pisada que no oigas
en este cementerio, con un suelo tan blando
de tanto cavar tumbas. Un silbido tuyo
será aviso de que alguien se acerca.
Dame esas flores. Haz lo que te digo, vamos.

PAJE [*aparte*]
Me asusta quedarme aquí solo
en el cementerio, pero lo intentaré.

> [*Sale.*]
> PARIS *cubre la tumba de flores.*

PARIS
Flores a esta flor en su lecho nupcial.
Mas, ay, tu dosel no es más que polvo y piedra.
Con agua de rosas lo he de rociar
cada noche, o con lágrimas de pena.
Las exequias que desde ahora te consagro
son mis flores cada noche con mi llanto.

> *Silba el* PAJE.

Me avisa el muchacho; viene alguien.
¿Qué pie miserable se acerca a estas horas
turbando mis ritos de amor y mis honras?

> *Entran* ROMEO *y* BALTASAR *con una antorcha,
> una azada y una barra de hierro.*

¡Cómo! ¿Con antorcha? Noche, ocúltame un instante.

> [*Se esconde.*]

ROMEO
Dame la azada y la barra de hierro.
Ten, toma esta carta. Haz por entregarla
mañana temprano a mi padre y señor.
Dame la antorcha. Te lo ordeno por tu vida:

por más que oigas o veas, aléjate
y no interrumpas mi labor.
Si desciendo a este lecho de muerte
es por contemplar el rostro de mi amada,
pero, sobre todo, por quitar de su dedo
un valioso anillo, un anillo que he de usar
en un asunto importante. Así que vete.
Si, por recelar, vuelves y me espías
para ver qué más cosas me propongo,
por Dios, que te haré pedazos y te esparciré
por este insaciable cementerio.
El momento y mi propósito son fieros,
más feroces y mucho más inexorables
que un tigre hambriento o el mar embravecido.

BALTASAR

Me iré, señor, y no os molestaré.

ROMEO

Con eso me demuestras tu amistad. Toma:
vive y prospera. Adiós, buen amigo.

BALTASAR [*aparte*]

Sin embargo, me esconderé por aquí.
Su gesto no me gusta y sospecho su propósito.

[*Se esconde.*]

ROMEO

Estómago odioso, vientre de muerte,
saciado del manjar más querido de la tierra,
así te obligo a abrir tus mandíbulas podridas
y, en venganza, te fuerzo a tragar más alimento [52].

Abre la tumba.

PARIS

Ese es el altivo Montesco desterrado,
el que mató al primo de mi amada, haciendo

---

[52] Es decir, te obligo a «comer» mi propio cuerpo, cuando tú ya estás
saciado.

que ella, según dicen, muriese de la pena.
Seguro que ha venido a profanar
los cadáveres. Voy a detenerle.

[*Desenvaina.*]

¡Cesa tu impía labor, vil Montesco!
¿Pretendes vengarte más allá de la muerte?
¡Maldito infame, date preso!
Obedece y ven conmigo, pues has de morir.
ROMEO
Es verdad, y por eso he venido.
Querido joven, no provoques a un desesperado;
huye y déjame. Piensa en estos muertos
y teme por tu vida. Te lo suplico,
no añadas a mi cuenta otro pecado
moviéndome a la furia. ¡Márchate!
Por Dios, más te aprecio que a mí mismo,
pues vengo armado contra mí mismo.
No te quedes; vete. Vive y después di
que el favor de un loco te dejó vivir.
PARIS
Rechazo tus súplicas
y por malhechor te prendo.
ROMEO
¿Así que me provocas? Pues toma, muchacho.

          Luchan.
          [*Entra el* PAJE *de Paris.*]

PAJE
¡Dios del cielo, están luchando! Llamaré a la guardia.

[*Sale.*]

PARIS
¡Ah, me has matado! Si tienes compasión,
abre la tumba y ponme al lado de Julieta.

[*Muere.*]

ROMEO
Te juro que lo haré. A ver su cara.
¡El pariente de Mercucio, el Conde Paris!
¿Qué decía mi criado mientras cabalgábamos
que mi alma agitada no escuchaba? Creo que dijo
que Paris iba a casarse con Julieta.
¿Lo dijo? ¿O lo he soñado?
¿O me he vuelto loco oyéndole hablar de Julieta
y creo que lo dijo? Ah, dame la mano:
tú estás conmigo en el libro de la adversidad.
Voy a enterrarte en regio sepulcro.
¿Sepulcro? No, salón de luz, joven muerto:
aquí yace Julieta, y su belleza convierte
el panteón en radiante cámara de audiencias.
Muerte, yace ahí, enterrada por un muerto.

[*Coloca a* PARIS *en la tumba.*]

¡Cuantas veces los hombres son felices
al borde de la muerte! Quienes los vigilan
lo llaman el último relámpago. ¿Puedo yo
llamar a esto relámpago? Ah, mi amor, mi esposa,
la Muerte, que robó la dulzura de tu aliento,
no ha rendido tu belleza, no te ha conquistado.
En tus labios y mejillas sigue roja
tu enseña de belleza, y la Muerte
aún no ha izado su pálida bandera.
Tebaldo, ¿estás ahí, en tu sangrienta mortaja?
¿Qué mejor favor puedo yo hacerte
que, con la misma mano que segó tu juventud,
matar la del que ha sido tu enemigo?
Perdóname, primo. ¡Ah, querida Julieta!
¿Cómo sigues tan hermosa? ¿He de creer
que la incórporea Muerte se ha enamorado
y que la bestia horrenda y descarnada
te guarda aquí, en las sombras, como amante?

Pues lo temo, contigo he de quedarme
para ya nunca salir de este palacio
de lóbrega noche. Aquí, aquí me quedaré
con los gusanos, tus criados.
Ah, aquí me entregaré a la eternidad
y me sacudiré de esta carne fatigada
el yugo de estrellas adversas. ¡Ojos, mirad
por última vez! ¡Brazos, dad vuestro último abrazo!
Y labios, puertas del aliento, ¡sellad con un beso
un trato perpetuo con la ávida Muerte!
Ven, amargo conductor; ven, áspero guía.
Temerario piloto, ¡lanza tu zarandeado
navío contra la roca implacable!
Brindo por mi amor.

> [*Bebe.*]

¡Ah, leal boticario, tus drogas son rápidas!
Con un beso muero.

> *Cae.*
> *Entra* FRAY LORENZO *con linterna, palanca y*
> *azada.*

FRAY LORENZO
    ¡San Francisco me asista! ¿En cuántas tumbas
    habré tropezado esta noche? ¿Quién va?
BALTASAR
    Un amigo, alguien que os conoce.
FRAY LORENZO
    Dios te bendiga. Dime, buen amigo,
    ¿de quién es esa antorcha que en vano da luz
    a calaveras y gusanos? Parece que arde
    en el panteón de los Capuletos.
BALTASAR
    Así es, venerable señor, y allí está mi amo,
    a quien bien queréis.
FRAY LORENZO
    ¿Quién es?

BALTASAR
  Romeo.
FRAY LORENZO
  ¿Cuánto lleva ahí?
BALTASAR
  Media hora larga.
FRAY LORENZO
  Ven al panteón.
BALTASAR
  Señor, no me atrevo.
  Mi amo cree que ya me he ido
  y me amenazó temiblemente con matarme
  si me quedaba a observar sus intenciones.
FRAY LORENZO
  Entonces quédate; iré solo. Tengo miedo.
  Ah, temo que haya ocurrido una desgracia.
BALTASAR
  Mientras dormía al pie del tejo,
  soñé que mi amo luchaba con un hombre
  y que le mataba.

        [*Sale.*]

FRAY LORENZO
  ¡Romeo!

        Se agacha y mira la sangre y las armas.

  ¡Ay de mí! ¿De quién es la sangre que mancha
  las piedras de la entrada del sepulcro?
  ¿Qué hacen estas armas sangrientas y sin dueño
  junto a este sitio de paz?
  ¡Romeo! ¡Qué pálido! ¿Quién más? ¡Cómo! ¿Paris?
  ¿Y empapado de sangre? ¡Ah, qué hora fatal
  ha causado esta triste desgracia!

        [*Se despierta* JULIETA.]

  La dama se mueve.

JULIETA
   Ah, padre consolador, ¿dónde está mi esposo?
   Recuerdo muy bien dónde debo hallarme,
   y aquí estoy. ¿Dónde está Romeo?
FRAY LORENZO
   Oigo ruido, Julieta. Sal de ese nido
   de muerte, infección y sueño forzado.
   Un poder superior a nosotros
   ha impedido nuestro intento. Vamos, sal.
   Tu esposo yace muerto en tu regazo[53],
   y también ha muerto Paris. Ven, te confiaré
   a una comunidad de religiosas.
   Ahora no hablemos: viene la guardia.
   Vamos, Julieta; no me atrevo a seguir aquí.

                    Sale.

JULIETA
   Marchaos, pues yo no pienso irme.
   ¿Qué es esto? ¿Un frasco en la mano de mi amado?
   El veneno ha sido su fin prematuro.
   ¡Ah, egoísta! ¿Te lo bebes todo sin dejarme
   una gota que me ayude a seguirte?
   Te besaré: tal vez quede en tus labios
   algo de veneno, para que pueda morir
   con ese tónico. Tus labios están calientes.
GUARDIA [*dentro*]
   ¿Por dónde, muchacho? Guíame.
JULIETA
   ¿Qué? ¿Ruido? Seré rápida. Puñal afortunado,
   voy a envainarte. Oxídate en mí y deja que muera.

                Se apuñala y cae.
                Entra el PAJE [*de Paris*] *y la guardia.*

---

   [53]   Literalmente, «in thy bosome»: como observa Blakemore Evans, si
Romeo ha caído de través sobre el cuerpo de Julieta, la pregunta anterior de
esta («¿donde está mi esposo?») se explicaría por su confusión al despertar
tras el efecto de la pócima.

PAJE
Este es el lugar, ahí donde arde la antorcha.
GUARDIA 1.º
Hay sangre en el suelo; buscad por el cementerio.
Id algunos; prended a quien halléis.

[*Salen algunos* GUARDIAS.]

¡Ah, cuadro de dolor! Han matado al conde
y sangra Julieta, aún caliente y recién muerta,
cuando llevaba dos días enterrada.
¡Decídselo al Príncipe, avisad a los Capuletos,
despertad a los Montescos! Los demás, ¡buscad!

[*Salen otros* GUARDIAS.]

Bien vemos la escena de tales estragos,
pero los motivos de esta desventura,
si no nos los dicen, no los vislumbramos.

Entran GUARDIAS *con* [BALTASAR] *el criado de Romeo.*

GUARDIA 2.º
Este es el criado de Romeo; estaba en el cementerio.
GUARDIA 1.º
Vigiladle hasta que venga el Príncipe.

Entra un GUARDIA *con* FRAY LORENZO.

GUARDIA 3.º
Aquí hay un fraile que tiembla, llora y suspira.
Le quitamos esta azada y esta pala
cuando salía por este lado del cementerio.
GUARDIA 1.º
Muy sospechoso. Vigiladle también.

Entra el PRÍNCIPE *con otros.*

PRÍNCIPE

  ¿Qué desgracia ha ocurrido tan temprano
  que turba mi reposo?

Entran CAPULETO *y la* SEÑORA CAPULETO.

CAPULETO

  ¿Qué ha sucedido que todos andan agitados?

SEÑORA CAPULETO

  En las calles unos gritan «¡Romeo!»;
  otros, «¡Julieta!»; otros, «¡Paris!»; y todos
  vienen corriendo hacia el panteón.

PRÍNCIPE

  ¿Qué es lo que tanto os espanta?

GUARDIA 1.º

  Alteza, ahí yace asesinado el Conde Paris;
  Romeo, muerto; y Julieta, antes muerta,
  acaba de morir otra vez.

PRÍNCIPE

  ¡Buscad y averiguad cómo ha ocurrido este crimen!

GUARDIA 1.º

  Aquí están un fraile y el criado de Romeo,
  con instrumentos para abrir
  las tumbas de estos muertos.

CAPULETO

  ¡Santo cielo! Esposa, mira cómo se desangra
  nuestra hija. El puñal se equivocó.
  Debiera estar en la espalda del Montesco
  y se ha envainado en el pecho de mi hija.

SEÑORA CAPULETO

  ¡Ay de mí! Esta escena de muerte es la señal
  que me avisa del sepulcro.

Entra MONTESCO.

PRÍNCIPE

  Venid, Montesco: pronto os habéis levantado
  para ver a vuestro hijo tan pronto caído.

MONTESCO

Ah, Alteza, mi esposa murió anoche:
el destierro de mi hijo la mató de pena[54].
¿Qué otro dolor amenaza mi vejez?

PRÍNCIPE

Mirad y veréis.

MONTESCO

¡Qué desatención! ¿Quién te habrá enseñado
a ir a la tumba delante de tu padre?

PRÍNCIPE

Cerrad la boca del lamento
hasta que podamos aclarar todas las dudas
y sepamos su origen, su fuente y su curso.
Entonces seré yo el guía de vuestras penas
y os acompañaré, si cabe, hasta la muerte.
Mientras, dominaos; que la desgracia
ceda a la paciencia. Traed a los sospechosos.

FRAY LORENZO

Yo soy el que más; el menos capaz
y el más sospechoso (pues la hora y el sitio
me acusan) de este horrendo crimen.
Y aquí estoy para inculparme y exculparme,
condenado y absuelto por mí mismo.

PRÍNCIPE

Entonces decid ya lo que sabéis.

FRAY LORENZO

Seré breve, pues la vida que me queda
no es muy larga para la premiosidad.
Romeo, ahí muerto, era esposo de Julieta
y ella, ahí muerta, fiel esposa de Romeo:
yo los casé. El día del secreto matrimonio
fue el postrer día de Tebaldo, cuya muerte
intempestiva desterró al recién casado.

---

[54] El texto de Q_1 añade la muerte de Benvolio. En su edición, Spencer
comenta que la Señora Montesco tiene un papel muy breve y que su muerte
no se debería tanto al deseo de agregar una nota patética en esta escena como
a la probable necesidad de emplear para otro papel al actor correspondiente.
Tal vez se pretendiera lo mismo con la supuesta muerte de Benvolio.

Por él, no por Tebaldo, lloraba Julieta.
Vos, por apagar ese acceso de dolor,
queríais casarla con el Conde Paris
a la fuerza. Entonces vino a verme
y, desquiciada, me pidió algún remedio
que la librase del segundo matrimonio,
pues, si no, se mataría en mi celda.
Yo, entonces, instruido por mi ciencia,
le entregué un narcótico, que produjo
el efecto deseado, pues le dio el aspecto
de una muerta. Mientras, a Romeo le pedí
por carta que viniera esta noche y me ayudase
a sacarla de su tumba temporal,
por ser la hora en que el efecto cesaría.
Mas Fray Juan, el portador de la carta,
se retrasó por accidente y hasta anoche
no me la devolvió. Entonces, yo solo,
a la hora en que Julieta debía despertar,
vine a sacarla de este panteón,
pensando en tenerla escondida en mi celda
hasta poder dar aviso a Romeo.
Pero al llegar, unos minutos antes
de que ella despertara, vi que yacían muertos
el noble Paris y el fiel Romeo.
Cuando despertó, le pedí que saliera
y aceptase la divina voluntad,
pero entonces un ruido me hizo huir
y ella, en su desesperación, no quiso
venir y, por lo visto, se dio muerte.
Esto es lo que sé; el ama es conocedora
de este matrimonio. Si algún daño se ha inferido
por mi culpa, que mi vida sea sacrificada,
aunque sea poco antes de su hora,
con todo el rigor de nuestra ley.

PRÍNCIPE
Siempre os he tenido por hombre venerable.
¿Y el criado de Romeo? ¿Qué dice a esto?

BALTASAR
A mi amo hice saber la muerte de Julieta,

y desde Mantua él vino a toda prisa
a este lugar, a este panteón. Me dijo
que entregase esta carta a su padre sin demora
y, al entrar en la tumba, me amenazó de muerte
si no me iba y le dejaba solo.

PRÍNCIPE

Dame la carta; la leeré. ¿Dónde está
el paje del conde que avisó a la guardia?
Dime, ¿qué hacía tu amo en este sitio?

PAJE

Quería cubrir de flores la tumba de su amada.
Me pidió que me alejase; así lo hice.
Al punto llegó alguien con antorcha
dispuesto a abrir la tumba. Mi amo le atacó
y yo corrí a llamar a la guardia.

PRÍNCIPE

La carta confirma las palabras del fraile,
el curso de este amor, la noticia de la muerte;
y aquí dice que compró a un humilde
boticario un veneno con el cual
vino a morir y yacer con Julieta.
¿Dónde están los enemigos, Capuleto y Montesco?
Ved el castigo a vuestro odio: el cielo halla
medios de matar vuestra dicha con el amor,
y yo, cerrando los ojos a vuestras discordias,
pierdo dos parientes. Todos estamos castigados.

CAPULETO

Hermano Montesco, dame la mano:
sea tu aportación a este matrimonio,
que no puedo pedir más.

MONTESCO

Pero yo sí puedo darte más:
haré a Julieta una estatua de oro
y, mientras Verona lleve su nombre,
no habrá efigie que tan gran estima vea
como la de la constante y fiel Julieta.

CAPULETO

Tan regio yacerá Romeo a su lado.
¡Pobres víctimas de padres enfrentados!

PRÍNCIPE
  Una paz sombría nos trae la mañana:
  no muestra su rostro el sol dolorido.
  Salid y hablaremos de nuestras desgracias.
  Perdón verán unos; otros, el castigo,
  pues nunca hubo historia de más desconsuelo
  que la que vivieron Julieta y Romeo.

  Salen todos.

APÉNDICE

LA CANCIÓN

«When griping grief the heart doth wound» (IV.iv, págs. 138-139) [«Cuando domina la aflicción...»].

Tanto la música como el texto original son de Richard Edwards. La letra de Shakespeare es una variación del poema de Edwards, impreso por primera vez en 1576. La melodía se conserva en dos manuscritos: el Brogyntyn MS 27, de la Biblioteca Nacional de Gales, es un arreglo para solo de laúd; el segundo (Add. MS 30513), del Museo Británico, es un arreglo para teclado y tampoco lleva la letra.

AUSTRAL SINGULAR es una colección de Austral que reúne
las obras más emblemáticas de la literatura universal en una edición única
que conserva la introducción original y presenta un diseño exclusivo.

Otros títulos de la colección:

Las flores del mal, Charles Baudelaire
La metamorfosis y otros relatos de animales, Franz Kafka
Moby Dick, Herman Melville